seeking Jack

Autopsie einer schrecklichen Faszination

Eine Betrachtung in neun Szenen

für

Evi, Lissy, Annemarie, Beate, Andrea^3 & Carlos

Mark Roth

seeking Jack

Anatomie einer schrecklichen Faszination

*Bibliografische Information der
Deutschen Nationalbibliothek:*

Die Deutsche Nationalbibliothek verzeichnet diese Publikation in der Deutschen Nationalbibliografie; detaillierte bibliografische Daten sind im Internet über http://dnb.dnb.de abrufbar.

*Copyright © 2019 Mark Roth
Dritte, überarbeitete Fassung*

*Umschlaggestaltung:
Elisabeth Rödle*

*Verlag: BoD · Books on Demand GmbH, In de Tarpen 42,
22848 Norderstedt, bod@bod.de
Druck: Libri Plureos GmbH, Friedensallee 273, 22763 Hamburg*

ISBN: 978–3–7431–6535–9

Autopsie /[aʊtɔˈpsiː]/

αὐτός ὄψις

selbst sehen

Whitechapel, im Londoner East End gelegen, war das Elendsviertel der Metropole. Hier lebten im ausgehenden 19. Jahrhundert zusammengedrängt und in unvorstellbarer Armut Zehntausende von englischen Wanderarbeitern und Immigranten aus ganz Europa. Sie waren vor dem Elend in ihrer Heimat geflohen und fanden sich doch nur in Verzweiflung wieder. Wer hier gestrandet war, hatte keine Hoffnung auf ein Entrinnen.

In dieser Hölle auf Erden verübte ein Unbekannter im Jahre 1888 fünf grauenhafte Morde. Seine Opfer waren Straßendirnen, die ihren Körper für eine billige Unterkunft oder ein Glas Gin verkauften.

Der Mörder wurde als Jack the Ripper weltberühmt – und nie gefasst.

DRAMATIS PERSONAE

Beamte der Londoner Polizei und des Scotland Yard

Frederick Abberline	Inspector beim Scotland Yard
George Godley	Polizeibeamter
Sir Charles Warren	Polizeichef (Commissioner)
Sir Melville Macnaghten	Assistent des Polizeipräsidenten
Joseph Chandler	Polizei Inspektor

Die Opfer des Rippers

Mary Ann „Polly" Nichols	Elendsprostituierte
Annie „Dark Annie" Chapman	Elendsprostituierte
Elizabeth „Long Liz" Stride	Elendsprostituierte
Catherine „Kate" Eddowes	Elendsprostituierte
Mary Jane Kelly (Marie Jeanette)	Elendsprostituierte
Martha Tabram	Elendsprostituierte

Die Tatverdächtigen (Auszug)

George Chapman aka Seweryn Kłosowski
Montague John Druitt
Michael Ostrog
John Pizer aka Leather Apron (Lederschürze)
William Bury
Joseph Carey Merrick
Sir William Gull
Joseph Barnett
George Hutchinson
...

Ferner

Andrew Mearns	Reverend
John Davis	Anwohner
George Lusk	Gründer der Bürgerwehr
Louis Diemshutz	Hausmeister
Israel Schwartz	Zeuge
Sarah Lewis	Anwohnerin
Thomas Bowyer	Mieteintreiber
Thomas ***	Aufseher im Doss House

Prolog

„Eines Tages wird die Menschheit zurückblicken und sagen, dass ich das 20. Jahrhundert eingeleitet habe."

From Hell

Abberline alleine. Er hält eine gefaltete Zeitung, liest daraus angestrengt vor:

„Heute, am 7. April 1903, wurde im Wandsworth Gefängnis der gebürtige Pole Seweryn Kłosowski, auch bekannt als George Chapman, durch den Strang hingerichtet. Er war für schuldig erklärt worden, seine drei Ehefrauen mittels Gift ermordet zu haben. Diese Verbrechen, abscheulich und grauenvoll für sich selbst, werden aber von einem weitaus schrecklicheren Verdacht überlagert. Mit Seweryn Kłosowski soll nun auch der berüchtigte Jack the Ripper zur Strecke gebracht worden sein. Der seinerzeit die Untersuchungen leitende Inspector Abberline schrieb an den ermittelnden Beamten im Fall Kłosowski: Zu guter Letzt ist es dir doch gelungen, lieber Godley, Jack zu fassen!

Herzlichste Grüße von deinem dir auf immer verbundenen Kollegen und Freund Frederick Abberline."

Abberline, aufblickend:
„Es hat ein Ende gefunden. Nach den Jahren des Zweifels, kann nun endlich Hoffnung bestehen, dass dieser Schrecken verblasst. Das Phantom des Rippers baumelt in einer einsamen Gefängniszelle."

Er – eine Stimme aus dem Publikum heraus:
„Es klingt beinahe, als ob Ihr der zerstörten Magie Jack's nachtrauert!"

Abberline fährt hoch, sucht im Publikum nach dem Sprecher:
„Wer hat das gesagt?"

Schweigen. Abberline wendet sich ab:
„Jack war eine Bestie. Was könnte an ihm bewundernswert sein?"

In einer der vorderen Reihen erhebt sich ein Mann, kommt auf die Bühne.
Er:
„Ihr habt ihn jahrelang gejagt, wart in seinen Gedanken. Ihr versuchtet zu denken wie er, nur um ihm endlich den einen Schritt voraus zu sein; den Schritt, der nötig gewesen wäre ihn zu fassen.

Während einer so langen Zeit kommt man sich zwangsläufig näher."

Abberline, resignierend:
„Nicht nahe genug."

Er:
„Ihr beglückwünscht Godley zur Ergreifung des Rippers. Was Ihr aber meint ist, dass eigentlich Ihr es wart, der Jack demaskiert hat, auch wenn es Euch nicht vergönnt war, ihn zu ergreifen.
Bescheidenheit klingt anders."

Abberline:
„Ihr mögt denken, was Ihr wollt. Ihr wart nicht dabei. Wie wollt Ihr nachvollziehen, was damals passiert ist? Nennt es Überheblichkeit. Aber Ihr werdet mir nicht die Genugtuung nehmen, das Monstrum gefasst zu wissen."

Er:
„Nein, natürlich nicht. Kłosowski wurde 15 Jahre nach den Morden von Whitechapel hingerichtet; den Morden, die man Jack the Ripper zuschreibt. Es ist eine lange Zeit, um einen Fall abzuschließen."

Abberline:
„Dafür gab es gute Gründe!
Aber auch ich bedaure, dass wir nicht früher erfolgreich waren."

Er:
„Ihr seid 25 Jahre nach der Hinrichtung von Kłosowski gestorben. Habt Ihr Euch dem Rest Eures Lebens bewusst dieser Täuschung hingegeben um … doch noch so etwas wie Frieden zu finden?"

Abberline, Ihn argwöhnisch musternd:
„Ihr habt Zweifel, dass Kłosowski der Ripper war?"

Er:
„Was ich glaube, ist nicht von Bedeutung. Entscheidend ist, ob Ihr von seiner Täterschaft so überzeugt seid, wie ihr vorgebt zu sein."

Abberline:
„Ihr unterstellt mir, ich hätte der Öffentlichkeit mit dem Schreiben an Godley etwas vorgemacht?"

Er:
„Nein – nur Euch selbst. Aber dennoch, der Vollständigkeit wegen: Erklärt dem anwesenden Publikum, warum Kłosowski Eurer Meinung nach Jack the Ripper war.
Und wir alle können diesen Abend zügig beenden."

Abberline, abweisend:
„Ich habe es häufig genug ausgeführt. Man kann es überall nachlesen!"

Er, auf das Publikum deutend:
„Inspector Abberline – es muss ja nicht jedes ermüdende Detail sein. Aber ich denke, diese Menschen würden es gerne für sich selbst nachvollziehen können."

Abberline, zögernd:
„Also gut.

Kłosowski ist ... war ein überführter Frauenmörder, ein Serienmörder, auch wenn diese Begrifflichkeit sich damals erst zu formen begann."

Er:
„Und wir suchen einen Serienmörder; vielleicht sogar den ersten der Geschichte."

Abberline:
„Jack the Ripper war mit Sicherheit nicht der erste Verbrecher, den es zu fortgesetzten Morden zwang. Aber seine Taten erzeugten als erste diesen ungeheuren Widerhall in der Öffentlichkeit."

Er, nickend:
„Die damals modernen Medien, die überall verfügbaren Zeitungen mit ihren tagesaktuellen Nachrichten; sie ermöglichten diese bis dahin nicht gekannte Nähe zu den Ereignissen. Jack war der Star der Berichterstattung. Er war berüchtigt ... berühmt.
Ist es vielmehr immer noch. Letztendlich wurde er nie gefasst ..."

Abberline, etwas unwirsch:
„Sollte ich nicht ausführen, warum ich glaube, dass Kłosowski ...?"

Er:
„Ja – natürlich. Entschuldigt bitte.
Doch gesteht mir eine Frage zu – mag sie vielleicht naiv in Euren Ohren klingen, da ich kein Experte in

solchen Dingen bin: Ist es nicht ungewöhnlich, wenn ein Serienmörder seinen modus operandi ändert? Jack's Opfer wurden die Kehlen aufgeschlitzt, ihre Körper bis zur Unkenntlichkeit verstümmelt.

Kłosowski hat mit Gift gemordet. Das klingt mir nicht nach großer Übereinstimmung."

Abberline, abwehrend:
„Ich war Polizist und kein Psychologe. Meine Aufgabe bestand darin, den Mörder zu fassen, nicht sein Verhalten zu verstehen oder zu erklären."

Er:
„Jetzt heuchelt Ihr, Abberline. Gerade Ihr habt Euch sehr damit beschäftigt, ihn zu verstehen. Ihr habt Euch stets dagegen gestemmt, seine Handlungen einfach als wahnsinnig abzutun. Nicht weil sie es nicht gewesen wären, sondern weil Ihr darin Eure Chance gesehen habt, die Bestie zu stellen.

Erzählt mir jetzt nicht, es würde keine Zweifel in Euch wecken, wenn der Mörder so ... uninspiriert das Messer mit dem Gift getauscht haben soll."

Abberline schweigt, sammelt sich und fährt mit nüchterner Stimme fort:
„Whitechapel war kein schöner Ort. Armut und Elend ließen die Menschen abstumpfen. Gewalt und selbst Morde waren nichts Ungewöhnliches.

Doch es war mein Bezirk. Ich hatte dort den größten Teil meiner beruflichen Laufbahn verbracht. Ich kannte die Menschen.

Im Herbst 1887 war ich dann als Inspector zum Scotland Yard versetzt worden."

Er:

„Glückwunsch! Sicherlich keine selbstverständliche Karriere."

Abberline:

„Im August des Folgejahres begannen Jack's Morde. Mit Zunahme der öffentlichen Beunruhigung übertrug man mir die Ermittlungen."

Er:

„Jack war aus dem Dunkel des Londoner Nebel getreten und hat Euch zurück in die Slums von Whitechapel gezerrt."

Abberline:

„Er ist eben nicht herausgetreten! Er ist nie greifbar geworden– die ganze Zeit über nicht.
Und was haben wir alles versucht!"

Er:

„August bis November. Drei Monate, fünf Opfer – und ein ganzes Land in Aufruhr. Sogar die Krone verfolgte die Morde mit einer unsicheren Mischung aus Verachtung und Besorgnis.

Besorgnis, dass aus den bedeutungslosen Morden eine Bedrohung für das Establishment erwachsen könnte. Die Lebensbedingungen der Arbeiter schrien förmlich nach dem entzündenden Funken der Revolution.

Verachtung ... ganz London blickte auf das East End und deren Bewohner herab - sofern man bereit war, sie überhaupt wahrzunehmen. Doch genau dazu zwang sie Jack."

Abberline:
„Dann, nach dem Mord an Mary Jane Kelly in der Nacht vom 8. auf den 9. November, endete es ebenso unvermittelt wie es begonnen hatte."

Er:
„Nun, es wurden danach durchaus noch weitere Leichen gefunden, die man ..."

Abberline, abwehrend:
„Die hat es ebenso davor gegeben. Jack's unmenschliches Werk endete mit dem Mord an Mary Jane Kelly!"

Er:
„Ich will mit Euch darüber nicht streiten. Ihr wart ... seid der Ermittler. Ich stelle nur meine eigenen, einfachen Überlegungen an.

Aber wir waren bei Kłosowski."

Abberline:
„Kłosowski war kurz vor dem ersten Mord nach London gekommen, lebte und arbeitete in Whitechapel. Als er später mit seiner damaligen Frau in die Vereinigten Staaten auswanderte, endete auch die Serie.

So ist der Mythos rasch entzaubert: Ein Frauenmörder,

der die erforderliche Ortskenntnis besaß. Die zeitliche Übereinstimmung seiner Ausreise mit dem Ende der Mordserie. Wenn im Herbst 1888 nicht zeitgleich zwei Serienmörder nebeneinander in Whitechapel gelebt haben, dann kann es nur Kłosowski gewesen sein."

Er, mit ruhiger aber verstörender Stimme:
„Es müsste uns in der Tat mit Schrecken erfüllen, wenn sich das Böse weitaus öfters manifestiert, als wir es wahrhaben wollen."

Abberline ist irritiert, findet keine passende Antwort. Er:
„Doch so ganz fremd kann Euch dieser Gedanke nicht sein, oder?"

Abberline:
„Habt Ihr eine Ahnung, wie viele Theorien und Alternativen wir damals durchgespielt hatten? Immer und immer wieder – nächtelang. Waren wir besessen von der Jagd auf ihn? Vielleicht. Aber ein Gefühl war noch stärker als diese Besessenheit: Angst! Angst davor, am Morgen wieder zu einem Tatort gerufen zu werden, wieder einen Leichnam zu sehen, der uns erneut vor Augen führte, dass Jack nicht der Spuk war, als den wir ihn uns so oft erhofften."

Abberline wendet sich ab, mehr zu sich selbst sprechend:
„Es war kein Name mehr auf der Liste. Wir hatten alle anderen ausschließen können … müssen. Nur Kłosowski war übrig geblieben."

Er:
„Ihr würdet Euch wundern, wie die Liste der Verdächtigen nach eurem Tod angewachsen ist. Aber ich gebe Euch recht: All diese Theorien oder mehr willkürlichen Beschuldigungen kamen der Klärung des Falles nicht wirklich näher.

Dabei hattet Ihr, Frederick Abberline, Inspector von Scotland Yard, bereits begonnen die richtige Frage zu stellen: Was ließ ihn töten?

Vielleicht erfüllt es Euch mit posthumem Stolz, wenn ich sage, dass in den folgenden einhundert Jahren nach Jack eine eigene Wissenschaft entstanden ist, die sich ausschließlich mit dem Phänomen des Serienmörders auseinandersetzt. Viele Eurer Ansätze, oftmals rein aus dem Instinkt heraus gewählt, sind in der Polizeiarbeit nun fest verankert.

Aber da ist auch noch die Frage nach dem Ende der Serie. In den seltensten Fällen hört der Mordtrieb einfach auf. Das Gegenteil ist richtig. Er steigert sich immer mehr, lässt den Killer jede anfängliche Vorsicht vergessen. Auch Jack's Verhalten zeigte dieses Muster. Seine Morde wurden zunehmend zerstörerischer, geradezu genährt von der Gewissheit, dass die staatliche Gewalt seinem Treiben machtlos gegenüberstand. Dennoch endete Jack's Wüten so unvermittelt wie es begonnen hatte. Warum hat er aufgehört? Ihr habt bereits damals darauf hingewiesen, dass Jack nicht freiwillig davon abließe, hierzu vermutlich gar nicht in der Lage wäre.

Vielleicht ist er gestorben? Oder selbst Opfer eines Verbrechens geworden? Vielleicht hatte man ihn wegen einem anderen Delikt inhaftiert, so dass er seinem Trieb nicht mehr nachgehen konnte? Vielleicht hat er das Land verlassen ..."

Abberline, sich räuspernd:
„Wie ich im Fall von Kłosowski bereits ..."

Er:
„Was nicht wirklich passt! Kłosowski ist Mitte 1891 nach Amerika ausgewandert. Nach dem Crescendo seines Totentanzes im Herbst 1888 binnen drei Monaten müsste er eine dreijährige Abstinenz eingelegt haben. Diese Erklärung liefert mehr Fragen als Antworten. Ich kann mir nicht vorstellen, dass sie Euch wirklich überzeugt hat. Damals wie heute."

Abberline schweigt. Dann fügt er leise an.
„Es war kein anderer Name mehr auf der Liste.
Irgendwann musste ich mir eingestehen, dass ich keine Ahnung hatte, wo ich Jack noch suchen konnte."

Er:
„Ihr hattet bereits Eure Aufmerksamkeit auf Jack gerichtet! Er saß Euch gegenüber, Ihr habt ihn verhört. Nur habt Ihr ihn zu leichtfertig wieder aus dem Kreis der Verdächtigen entfernt."

Abberline:
„Was sagt Ihr da? Das kann nicht sein!"

Er:
„Was uns zur letzten und wohl wichtigsten Frage führt:
Warum hat Frederick Abberline versagt? Ihr habt selbst angeführt, dass Whitechapel Euer Hinterhof war, dass Ihr die Leute dort kanntet. Ihr wusstet, wie Ihr sie anpacken musstet, damit sie mit Euch redeten. Ihr habt nach dem Muster in den Morden gesucht, damit diese Euch den Weg zu Jack zeigten. Und Ihr wart in der Lage, genau dies von den Menschen zu erfahren. Dennoch seid Ihr gescheitert.
Sagt, Frederick Abberline: Warum?"

Abberline wendet sich ab, will nichts mehr hören. Dann tritt er wieder an Ihn heran. Abberline:
„Ihr meint, der Name wäre auf der Liste? ... dass ich ihn kenne?"

Er:
„Ja. Vollständig, komplett. Kein Synonym eines mysteriösen Spuks."

Abberline:
„So bräuchten wir die Verdächtigen nur noch einmal durchgehen, die Argumente dafür und dagegen bewerten ... und wir würden Jack finden?"

Ein Zögern, Er:
„Im Prinzip ja ..."

Abberline:
„Pah! Es kann nicht so einfach sein! Genau das haben wir getan. Immer und immer wieder."

Er:
„Ihr habt auch den gleichen Fehler immer und immer wieder begangen."

Abberline, nun misstrauisch:
„Woher wollt Ihr das alles wissen?"

Er:
„Ich beobachte, mache mir Gedanken und ... mit einem Mal ist es einfach."

Abberline:
„Ich traue Euch nicht!"

Er:
„Ihr habt auch keinerlei Veranlassung dazu."

Abberline, nach einem Moment des Überlegens:
„Sei es wie es soll! Ich lasse mich darauf ein.
Mit wem wollen wir beginnen?"

Er:
„Es ist eure Liste. Wählt einen Namen aus!"

Abberline:
„Also gut. Fangen wir an mit ... John Montague Druitt!"

Er:
„An den habt Ihr selbst nie wirklich geglaubt! Einer der Verdächtigen, den eine beinahe mystische Aura umgab. Selbst sein Name war lange nicht bekannt, kaum mehr als ein Gerücht: Jack the Ripper habe sich nach dem Mord an Mary Jane Kelly selbst gerichtet, in der Themse ertränkt.

Ihr habt den Verdacht gegen Druitt aufgrund fehlender Beweislast nach kurzer Zeit fallen gelassen."

Abberline:
„Vielleicht war genau das mein Fehler?"

Er, lächelnd:
„Wie Ihr möchtet. Also Druitt.

Was habt Ihr damals über ihn ermitteln können?"

Szene 1

„Die Wahrheit lag auf dem Grund der Themse."

Sir Melville Leslie Macnaghten; Auszug aus seinem Memorandum zu den Ripper Morden aus dem Jahr 1894

Von Ihm sieht man nur noch eine vage Silhouette. Abberline ist alleine im Scheinwerferlicht.
Abberline:
„Die Wahrheit lag auf dem Grund der Themse. Diese eine Äußerung hat den Verdacht gegenüber John Montague Druitt legitimiert. Assistant Commissioner Sir Melville Macnaghten hatte sie getätigt, Jahre nach den Morden in Whitechapel ...

… allerdings ohne die Details zu Druitt umfänglich zu kennen

Druitt war im Jahr 1888 31 Jahre alt. Er stammte aus einer angesehenen Familie, hatte Rechtswissenschaft studiert und arbeitete als Lehrer. Gebildet, gesellschaftlich verankert, eine bürgerliche Zukunft vor Augen. Wenn etwas auf Druitt zutraf, dann, dass er mit Sicherheit nicht in das Milieu des East End gehörte."

Er, aus dem Hintergrund:
„Was ihn noch nicht entlastet."

Abberline, scharf formulierend:
„Ebenso wenig wie es ihn anklagt."

Er:
„Macnaghten hatte sicherlich einen Grund, Druitt's Namen mit dem Ripper in Verbindung zu bringen."

Abberline:
„Es gab Schatten in Druitt's Leben. Einer ist in der Geschichte seiner Familie verankert. Geisteskrankheit, vermutlich erblich bedingt, trat im mütterlichen Zweig auf. Seine Tante wurde schwachsinnig, ebenso die Großmutter. Diese beging sogar Selbstmord. Druitt's Mutter wurde nach dem Tode ihres Mannes in ein Irrenhaus eingewiesen. Druitt selbst schrieb in privaten Aufzeichnungen davon, dass er Angst habe '...wie Mutter zu werden'."

Er:
„Damit würde Druitt die Erwartungshaltung der Öffentlichkeit bedienen, dass der Ripper nur ein Wahnsinniger sein konnte."

Abberline:
„... bei einer entsprechend allgemeingültigen Interpretation von Wahnsinn – vielleicht. Doch es lastete noch mehr auf Druitt. Während er sich in den Rechtswissenschaften weiterbildete, arbeitete er für seinen Lebensunterhalt als Privatlehrer an einer angesehenen Knabenschule. Dieses Beschäftigungsverhältnis wurde im November 1888 einseitig beendet. Die Gründe

ließen sich auch bei einer Befragung der Schulleitung nicht ermitteln. Doch es machte schnell das Gerücht von Pädophilie die Runde."

Er:
„Womit aus unserem jungen Anwalt ein Geisteskranker mit sexuell abartiger Veranlagung wird. Ich kann mir gut vorstellen, dass dieses Muster damals gut zum Phantom des Rippers gepasst hat – nicht nur in der Vorstellung des einfachen Mannes von der Straße.
Aber war das alles?"

Abberline:
„Nein. Ende Dezember fand man den bereits stark verwesten Leichnam eines Mannes in der Themse treibend. Er war vollständig bekleidet, in den Jackentaschen befanden sich Steine, die wohl den Körper unter Wasser ziehen sollten. Doch die Fäulnisgase hatten sich letztendlich durchgesetzt. Der Todeszeitpunkt wurde auf vier, vielleicht sechs Wochen vor dem Auffinden geschätzt. Dies trifft in etwa den Zeitpunkt des Mordes an Mary Jane Kelly, des letzten Opfer des Rippers."

Abberline schweigt, scheint auf eine Erwiderung zu warten.

Druitt tritt auf:
„Die Dunkelheit hatte lange vor den kalten Fluten der Themse nach mir gegriffen. Dennoch war ich nicht darauf vorbereitet. Ich war ein guter Sportler, jung,

kräftig, ein guter Schwimmer. Gerade aus diesem Grund hatte ich die Steine verwendet. Aus Zweifel an der eigenen Entschlossenheit - so wie der Zweifel mich mein ganzes Leben begleitet hatte. Die Steine erfüllten ihren Dienst. In dem Moment, als der Zwang zum Atmen unerträglich wurde, als das Wasser meine Lunge füllte, das Entsetzen – ich wollte nicht mehr sterben, nicht so. Ich kämpfte dagegen an, wollte zurück an die Oberfläche. Doch ich war bereits zu tief, die Kraft, die mich nach unten zog, zu stark.

Sie haben keine Vorstellung, wie schmerzvoll ein solcher Weg ist, wie lange es dauert, bis sich endlich die Dumpfheit des Vergessens auf das Bewusstsein legt und den Todeskampf beendet."

Abberline, vorsichtig an Druitt herantretend:
„Waren Sie Jack?"

Druitt:
„Ist das wirklich die Frage, die Sie für mich haben, Inspector Abberline?"

Abberline wirkt verunsichert, vielleicht sogar etwas beschämt. Er antwortet nicht. Druitt:
„Natürlich – jede noch so geringe Chance den berühmtesten Serienmörder der Geschichte zu enttarnen muss ein ungeheures Verlangen darstellen. Jemand wie Sie, der einen großen Teil seines Lebens geradezu besessen den Mörder gejagt hatte – noch dazu vergebens ...

Es ist zu verstehen, dass man sich an jeden Strohhalm

klammert; ich nehme es Ihnen nicht übel.

Ich hätte mir aber auch vorstellen können, dass Sie mich nach meiner pädophilen Veranlagung fragen. Im viktorianischen England genügte der Hauch eines entsprechenden Verdachts, um die Existenz zu zerstören. Auch wenn es für die Suche nach Ihrem Mörder keine Bedeutung hat, möchte ich es Ihnen sagen: Ich war nicht pädophil."

Druitt, nach einem Zögern:
„Vielleicht sollte ich aber eher sagen: Die gegen mich erhobenen Vorwürfe waren falsch. Ich hatte mich nicht an dem Jungen vergangen. Dessen Anschuldigungen waren reine Phantasie. Fragen Sie mich nicht, warum ein Neunjähriger bereits so konkrete Beschreibungen sexueller Handlungen liefern kann; schrecklich genug – aber nicht von dem Kontakt mit mir.

Mit solchen Vorwürfen konfrontiert zu werden ist ähnlich dem Versinken im dunklen Wasser. Es raubt einem die Luft zum Atmen, zum Leben, nimmt einem jeden Halt.

Es gab Zweifel, Widersprüchlichkeiten – gewiss. Doch das gefräßige Gerücht war erwacht und verlangte nach Nahrung. Aber das Schmerzlichste in der Kette der Erfahrungen, denen ich ungefragt ausgesetzt wurde, war, dass es nicht die Wahrheit ging. Auch ging es nicht um den Schutz der Kinder. Die Aufrechterhaltung eines Scheins – das war die Triebfeder des Handelns. Es wurde Nichts bewiesen. Dennoch wurde meine berufliche Laufbahn vernichtet; dennoch gab man mir Geld, viel Geld sogar. Einzig um sich mein

Stillschweigen zu erkaufen. Der vermeintliche Täter wurde entlohnt, nicht das Opfer entschädigt – wenngleich sich die Rollenverteilung in diesem Fall nicht so einfach darstellte.

Da war die Gefahr, dass der Schatten der unaussprechlichen Anschuldigungen auf einen selbst fallen könnte. Dies zwang die Schulleitung zum Handeln. Die Notwendigkeit einer klaren Beweisführung verlor an Bedeutung. Die Angst hatte jedwede Kontrolle übernommen. Meine persönliche führte mich am Abend des 30. November 1888 zu den Ufern der Themse.

Sie sehen Inspector Abberline, Wahrheit ist das Letzte, was in meinem Fall am Grund der Themse zu finden war. Auch in der postulierten Erkenntnis von Sir Melville Macnaghten ging es nie darum. Er versuchte das erschütterte Vertrauen der Bevölkerung in die Handlungsfähigkeit der Polizei wiederherstellen. Auch er wollte den Schein wahren. Ich muss gestehen, dass es eine Zeit gab, in der ich hoffte, Jack würde erneut zuschlagen und damit der Öffentlichkeit die dümmliche Ignoranz Macnaghten's vorführen. Doch diese Genugtuung blieb mir versagt.

Ich fürchte Ihnen ansonsten nicht behilflich sein zu können, der Identität von Jack the Ripper näher zu kommen."

Druitt ab. Er:
„Ein Geisteskranker, sexuell abartig veranlagt – gleichwohl was er uns eben sagen wollte. Das Ende der Mordserie fällt zusammen mit seinem Selbstmord.

Damit wäre eine der beiden Fragen beantwortet.

Warum habt Ihr die Ermittlungen gegen ihn so rasch eingestellt? Gibt es womöglich Beweise, die gegen seine Täterschaft sprechen, und die Ihr verheimlicht, Abberline?"

Abberline, sein Antwort klingt überzeugt:
„Eine familiäre Veranlagung zum Suizid ist etwas anderes als die Zerstörungswut von Jack the Ripper. Ihr könnt beides Wahnsinn nennen, es hat nichts miteinander zu tun.

Wenn wir den Vorwurf der Pädophilie stehen lassen – und ich bin eher geneigt Druitt zu glauben – ist das nicht damit vergleichbar, dass ein Serienmörder Frauen aufschlitzt. Mit diesen Verallgemeinerungen von Geisteskrankheit und sexuellen Perversionen könnt Ihr die Hälfte der Einwohner von London beschuldigen. Und das auf jeder gesellschaftlichen Ebene.

Druitt beging irgendwann Ende November Selbstmord. Dies fiel zusammen mit seiner Entlassung aus dem Schuldienst. Der Mord an Mary Jane Kelly war am 9. November. Dieser steht damit nicht in keinem Zusammenhang mit den Entwicklungen in seinem privaten Umfeld.

Abberline, an Ihn herantretend und bestimmend:
„Sein Selbstmord fällt ungefähr mit dem Ende der Serie zusammen. Das ist die einzige Verbindung zwischen Druitt und dem Mörder. Ihn mit Jack in Verbin-

dung bringen zu wollen ist fehlerhaft und konstruiert. Und diente ausschließlich zur Befriedung der öffentlichen Meinung – oder der Beruhigung eines geplagten Verstandes.
Er war nicht der Ripper!"

Er, nickend:
„Ich verstehe.
Aber habt Ihr zuletzt von Kłosowski oder von Druitt gesprochen?
Dessen Reise nach Amerika ein Jahr nach ..."

Abberline, Ihm ins Wort fallend, laut werdend:
„Ich habe es verstanden!"

Abberline, nun ruhiger, einlenkend:
„Wir nehmen Druitt von der Liste ... und wollen auch Kłosowski vorerst nicht weiter beachten."

Er:
„Es war und ist Euer Fall. Ihr entscheidet."

Abberline:
„In der Tat.
Wie wollen wir nun weitermachen? Mit dem nächsten Verdächtigen?"

Er, zögernd, dann auf das Publikum deutend:
„Sollten wir nicht lieber den einzig verlässlichen Spuren von Jack Aufmerksamkeit schenken: Seinen Op-

fern? Auch wenn Ihr befürchtet, für Euch selbst wenig Neues darin zu finden – nicht jedem hier werden alle Details bekannt sein."

Abberline, den Blick zum Publikum wendend:
„Ja, natürlich. Sprechen wir über die fünf Opfer.
Wir beginnen mit Mary Ann Nichols, genannt Polly, vom Ripper am 31. August 1888 ermordet."

Er:
„Die kanonischen Fünf, die 'anerkannten' Fünf.
Offensichtlich bedarf es einer Legitimation, zu den Opfern von Jack gezählt zu werden. Aber wer hat diese erteilt? Auf Grundlage welchen Mandats?"

Abberline:
„Es ist ein Begriff, der mehr die damalige überhitzte Emotionalität widerspiegelte, als dass er sich auf eine kriminalistische Beweisführung stützte."

Er:
„Aber auch Ihr habt der Kette der fünf Morde von Mary Ann Nichols bis Mary Jane Kelly stets zugestimmt."

Abberline:
„Ich habe ihr nicht widersprochen. Wie könnte ich auch, solange die Identität des Mörders ungeklärt war … ist?"

Er:
„Wie Ihr schon sagtet, es gab Morde davor:
Fairy Fay in der Nacht des 26. Dezember 1887 oder Emma Smith am 2. April 1888. Beide Morde wurden an Feiertagen begangen, ebenso wie die Anerkannten Morde von Jack, die noch folgen sollten."

Abberline:
„Fairy Fay hat es vermutlich nie gegeben. Ein Gerücht, ein Märchen. Es wurde nie ein Leichnam gefunden.

Emma Smith war von drei Männern überfallen und vergewaltigt worden. Als sie mit ihr fertig waren, stießen sie ihr einen stumpfen Gegenstand in die Vagina. Sie starb an den hierdurch verursachten inneren Verletzungen. Grausam und abscheulich, das Opfer gehörte ebenfalls zu den Elendsprostituierten von Whitechapel. Doch es war nicht Jack."

Er:
„Über beide Vorfälle wurde ausführlich in den Zeitungen berichtet.
Wie beurteilt Ihr den Fall Martha Tabram?"

Abberline, sich erinnernd:
„Ermordet in der Nacht des 7. August 1888. Ja, in der Tat spricht einiges dafür, dass Martha Jack's erstes Opfer gewesen sein könnte. 39 Mal hatte der Mörder auf sie eingestochen. Mit einem größeren Taschenmesser oder einer vergleichbaren Waffe. Bereits einer der erste Stiche über dem Herz war tödlich. Doch dem

Täter ging es nicht alleine um das Töten. Eine Wut entlud sich an dem Körper der Frau. Dies hatte durchaus Ähnlichkeit mit den kommenden Taten Jack's."

Abberline, nun etwas zögernd fortfahrend:
„Andererseits fehlte das Aufschlitzen der Kehle, das Öffnen und Verstümmeln des Unterleibs. Der Mord fand in einem Treppenhaus statt, die Morde Jack's auf offener Straße ..."

Er:
„War es nicht auch Macnaghten, der schriftlich erklärt hat, dass nur die kanonischen Fünf Jack zuzuschreiben sind?"

Abberline:
„Das war seine Sicht der Dinge. Er hatte sich diesbezüglich festgelegt und es sprachen auch einige Argumente dafür."

Er:
„Ich hoffe bessere als für die Verdächtigung von John Druitt.

Macnaghten war als Assistant Commissioner ein hochrangiger Beamter beim Scotland Yard. Allerdings bekleidete er diesen Rang nicht zum Zeitpunkt der Morde. Zur Zeit der Ermittlungen habt Ihr an Sir Charles Warren berichtet, den Commissioner der Metropolitan Police.

War es nicht auch Charles Warren gewesen, der Macnaghten's Karriere 1887 durch eine persönliche Intervention beendet hatte – zumindest vorerst?"

Abberline, einen Augenblick irritiert, dann bestätigend:
„Sir Warren hatte verhindert, dass Macnaghten Chief Constable in der Metropolitan Police wurde. Warren gehörte dem liberalen Flügel an, Macnaghten dem konservativen. Meinungsverschiedenheiten bei der Besetzung hochrangiger Posten..."

Er, Abberline unterbrechend:
„ ... oder Intrigen um Karrieren, bei denen es um viel Macht ging ..."

Abberline, den Einwurf übergehend:
„ ... gehörten zum üblichen politischen Gebaren. Ich gehe davon aus, dass das selbst heute noch der Fall ist."

Er, ausweichend lächelnd:
„Natürlich.
Bleiben wir bei Warren, Eurem Vorgesetzten während der Ripper Morde. Sir Charles stand damit vorrangig im Licht der Öffentlichkeit und musste viel Kritik aufgrund der ausbleibenden Ermittlungserfolge hinnehmen. Ich kann mir vorstellen, dass die Besprechungen mit ihm nicht immer angenehm verlaufen sind."

Er verstummt, wartet auf Abberlines mögliche Erwiderung. Als dieser schweigt fährt Er fort:
„Warren war Soldat gewesen, blickte auf eine bemerkenswerte militärische Karriere zurück, hatte sich

Kriegsruhm erworben. Der Posten des obersten Beamten der Metropolitan Police war seine Belohnung hierfür gewesen. Doch konnte man eine Polizei, die sich auf der Höhe der Zeit befinden wollte, nicht mit den Methoden einer Armee führen.

Dieser Konflikt kann Euch nicht verborgen geblieben sein."

Abberline:

„Es gab Differenzen in der Bewertung der Fakten und des Vorgehens. Das ist bei einem derartigen Fall auch nichts Ungewöhnliches …"

Er, den Kopf schüttelnd:

„Nein! Dieser Fall hat Euch über Jahrzehnte verfolgt, lässt Euch selbst jetzt noch keine Ruhe finden. Während Jack Euch stets aufs Neue vorgeführt hat, musstet Ihr Euch mit einem inkompetenten Vorgesetzten herumschlagen. Hattet Ihr selbst nicht auch schon den Gedanken, dass es am Ende Warren war, der Jack entkommen ließ?

Nein - nicht bewusst. Einfach aufgrund seiner beschränkten Fähigkeiten?"

Abberline:

„Ich werde Sir Charles Warren nicht für mein Versagen, wie Ihr es ausdrückt, verantwortlich machen. Der leitende Ermittler war ich."

Er:

„Aber hatte Warren Euch auch den notwendigen Freiraum gegeben? In einer Zeit, als sich die Presse täglich über die Unfähigkeit der Polizei lustig machte."

Abberline, mürrisch bemüht das Thema zu wechseln:
„Wir waren bei den Opfern von Jack, bei den kanonischen Fünf ..."

Er:
„... und bei der Fehleinschätzung von hohen Beamten."

Abberline, die Doppeldeutigkeit verstehend:
„Ist es das, was Ihr mir sagen wollt? War Martha Tabram das erste Opfer des Rippers? Hatte es gar nicht bei Polly Nichols begonnen ...?

... war dies der eine Fehler, der Jack entkommen ließ?"

Er:
„Ich habe nicht gesagt, dass Ihr nur einen Fehler begangen habt.

Letztendlich weiß ich nicht, ob die Serie mit Tabram ihren Anfang genommen hat. Um uns nicht weiter in Spekulationen zu verlieren lasst uns für unsere weiteren Betrachtungen mit Polly Nichols beginnen.

Ich bin aber davon überzeugt, dass das Postulat nach den kanonischen Fünf einer kritischen Betrachtung ebenso wenig Stand hält, wie die Verdächtigung von John Druitt oder Seweryn Kłosowski.

Habt den Mut, alles in Frage zu stellen, Abberline, auch Euch selbst.

Dann werdet Ihr sehen – so schwer ist es gar nicht, das Geheimnis zu lüften."

Szene 2

„Ich hielt sie entweder für betrunken ...
... oder für tot."
Charles Cross, Fuhrmann, in der polizeilichen Anhörung nach dem Fund der Leiche am 31. August 1888

Abberline:
„Mary Ann Nichols war zum Zeitpunkt ihres Todes 43 Jahre alt."

Er:
„Nummer eins der kanonischen Fünf. Bleiben wir meinetwegen dabei.

Ich muss zugeben, dass ich eure Hartnäckigkeit bewundere."

Abberline, unbeeindruckt:
„Wie die anderen Ripperopfer gehörte sie zu den Elendsprostituierten von Whitechapel. Man nannte diese 'Gefallene', was gleichermaßen selbstgefälliges Mitleid wie auch Abgrenzung ausdrückte."

Polly:
„Mehr bin ich nicht für dich? Eine Dirne aus dem East End? Keiner würde sich meiner erinnern, wäre es nicht Jack gewesen, der mich abgestochen hatte. Der

berühmte Jack the Ripper! Aber es macht mich traurig, dass auch du, Frederick Abberline, nur einen nummerierten Leichnam in mir siehst.

Du kamst aus Whitechapel, solltest verstanden haben, dass bei all dem Elend hinter jedem Gestrauchelten auch immer ein Schicksal stand. Hat dich die glänzende Dienstmarke von Scotland Yard all dies vergessen lassen?"

Abberline, Polly's Hand nehmend:
„Nein, wie könnte ich das? Du hast recht, Polly. Du verdienst eine andere Erinnerung, als nur Jack's erstes Opfer gewesen zu sein."

Abberline sich an Ihn wendend:
„Polly wurde am 26. August 1845 geboren. Sie hatte zwei Brüder, einen älteren, Edward, und einen jüngeren, Frederick.
Schaut nicht so irritiert. Die Namensgleichheit ist reiner Zufall."

Er:
„Wirklich? Warum dann dieses Aufhebens einer Straßendirne wegen?"

Abberline:
„Sie ist ein Mensch!"

Er:
„Niemand würde noch ihren Namen kennen, wenn sie Jack nicht zu seinem Opfer gemacht hätte. Ihre eige-

nen Worte. Und nur deswegen ist sie hier: Um uns eine Spur zum Ripper zu zeigen, nicht um ihres erbärmlichen Lebens wegen."

Polly, Ihn ignorierend:
„Meine Brüder waren immer darauf bedacht, dass mir kein Leid zustieß. Wenn es Streit mit den Kindern aus der Nachbarschaft gab, waren sie stets da, nahmen mich in Schutz. Am meisten Frederick. Fehlende Größe und Kraft versuchte er mit Tapferkeit auszugleichen. Es gelang nicht immer, aber dafür liebte ich ihn umso mehr.

Wir waren arm. Es war eine Kindheit in bescheidenen Verhältnissen und voller Entbehrungen. Doch ich war sehr glücklich."

Abberline:
„Als Mary Ann Walker 1864 den Druckereimaschinisten William Nichols heiratete, war sie 18 Jahre alt. Dies war im viktorianischen England, zumal wenn man aus einer Arbeiterfamilie stammte, für ein Mädchen nicht ungewöhnlich früh.

Caroline, Mary Anns Mutter, war zum Zeitpunkt ihrer Hochzeit gerade einmal zwölf Jahre alt gewesen. Das Mindestalter, das man als Mädchen haben musste."

Polly:
„Vater drängte darauf, dass ich unter die Haube kam. Ich sei ihm lange genug auf der Tasche gelegen. Außerdem … ich war schon 'mal bei einem Mann gelegen. Sein Name war Joseph. An sein Gesicht kann ich

mich nicht mehr erinnern. Ich war sechzehn, furchtbar verliebt und dachte, das Leben würde so weitergehen. Es erschien wie ein endlos schöner Sommer.

Wunderschön war er, nur nicht endlos."

Abberline:
„Die ersten Jahre wohnte das junge Paar zusammen mit Polly's Vater in dessen Wohnung. In dieser Zeit bekam Mary Ann insgesamt drei Kinder. Erst Jahre später konnte man sich eine eigene Unterkunft leisten. Im Jahr darauf wurde das vierte Kind von Mary Ann, ihre Tochter Eliza, geboren."

Polly:
„Mein Mann William war anständig – im Großen und Ganzen. Es kam selten vor, dass er mich schlug. Meistens brachte er genug Geld nach Hause, dass es zum Essen und für die Kleidung der Kinder reichte. Er schlief wohl hin und wieder bei einer anderen. Vielleicht – ich weiß es nicht. Es war mir nicht wichtig."

Abberline:
„Doch alsbald zeigten sich die ersten Risse in ihrer Ehe. 1876 zog Polly alleine, ohne ihre Kinder, in das Lambeth Workhouse. Workhouses versorgten die Ärmsten mit Unterkunft und Speise. Wer dort um Aufnahme bat, wusste nicht, wohin er sonst gehen sollte. Es herrschten spartanische Lebensbedingungen und die Häuser wurden mit militärischer Strenge geführt. Doch die Bewohner erhielten für die zu leistende Arbeit etwas Essen und wussten, wo sie die Nacht ver-

bringen konnten.
Eine knappe Woche blieb Mary Ann im Workhouse. Dann kehrte sie heim zu ihrem Mann und den Kindern. Aber das bisschen ersehnte Glück sollte sich nicht mehr einstellen."

Polly:
„Ich will William keine Vorwürfe machen. Ich liebte ihn nicht, war ihm dennoch eine gute Frau. Doch die Rolle, die mein Vater und mein Mann für mich vorgesehen hatten, wollte mir nicht genügen. Aber wie sollte ich als Frau diesem Gefängnis entrinnen? Mein Leben bereits gelebt – in einem kurzen Sommer, den es nur noch in meiner Erinnerung gab.
Der Gin der einzige Gefährte, der mich treu begleitete."

Abberline:
„In den folgenden Jahren verließ Mary wiederholt ihren Mann, kehrte aber immer wieder zurück. Im Jahr 1879 entband sie ihr fünftes Kind, Henry Alfred. Ein Jahr später trennte sich das Paar endgültig. Marys Vater erhob später bittere Anschuldigungen gegen seinen Schwiegersohn. Er habe Mary mit einer Hebamme unmittelbar nach der Entbindung betrogen. William Nichols bestritt nicht die Affäre, jedoch dass dies der Grund für die Trennung gewesen sei. Mary Anns Alkoholsucht wäre stattdessen für das Scheitern der Ehe verantwortlich gewesen."

Polly:
„Ich wollte doch auch nur einfach in den Arm genommen werden, etwas Wärme spüren. Nicht den ganzen Tag 'mach dies' und 'mach das' hören. Alle, die nur an mir zerrten, das Geld, das nie reichte."

Abberline:
„Die Kinder blieben bei ihrem Vater William und dieser zahlte seiner Frau einen wöchentlichen Unterhalt von fünf Schilling. Mit diesem Geld und ohne einen erlernten Beruf, sie gab bei den Registrierungen in den Workhouses an Putzfrau zu sein, war die nun 34 Jährige auf sich alleine gestellt. Unter dem Namen 'Polly' wurde Mary Ann im East End bekannt. Wie bei alle Gestrandeten wurde ihr Leben von der täglichen Suche nach ein paar Pennies, von billigem Schnaps und den Aufenthalten in den Armenhäusern bestimmt. Die Eintragungen in den Büchern der Elendsquartiere waren von nun an die einzige Spur von Polly's traurigem Weg.

Als William den Verdacht hegte, dass Mary mit einem anderen Mann zusammenlebte, stellte er die Unterhaltsleistungen ein. Das spätere Bekanntwerden, dass Polly zumindest zeitweilig ihren Lebensunterhalt als Prostituierte bestritt, half ihrem Mann gerichtlich durchzusetzen, keine weiteren Zahlungen entrichten zu müssen. Mary Ann war nun endgültig dazu verurteilt, das zu tun, was man ihr vorwarf."

Polly:
„Und es war gut so!

Nun gut, ich war eine Dirne. Aber ich war frei; mehr als ich es jemals zuvor gewesen war. Die Armut war geblieben, doch ich entschied nun alleine über mich!"

Er:
„Wem willst du hier etwas vormachen? Welche Art von Freiheit ist es, jedem Betrunkenen gefügig zu sein, nur um das Geld für das nächste Nachtlager zu erhalten?"

Polly, Ihm einen musternden Blick zuwerfend:
„Ich kenne Kerle wie dich! Sie kamen nach Whitechapel, hielten sich für etwas Besseres und begafften das Elend. Ich war oft mit solchen wie dir zusammen. Aber dann, wenn sie tatsächlich den Mut aufbrachten, mit der Dirne zu gehen, haben sie nicht einmal einen Steifen bekommen!"

Er:
„Was fällt dir ein, du billige Hure?"

Abberline, zwischen die beiden gehend.
„Wir wollen hier die Emotionen unter Kontrolle halten, einverstanden?"

Polly:
„Er hat angefangen!"

Abberline, ermahnend:
„Das gilt auch für dich, Mary Ann!"

Abberline, wieder ruhiger werdend:
„Kannst du uns etwas über den letzten Abend sagen?"

Polly, leise, sich besinnend:
„Es war Ende August, doch die Nächte wurden schon richtig kalt. Ich fröstelte trotz des Gin, den ich bereits intus hatte. Wie spät mochte es sein? Mitternacht war wohl schon durch. Ich musste mich auf die Suche nach einer Unterkunft machen, wollte ich nicht unter einer Brücke oder in einem Hinterhof schlafen. Kaum noch Menschen auf den Straßen. Den wenigen Typen, die mir noch begegneten, waren nicht die notwendigen Pennies zu entlocken.

'Hast du Lust, Süßer?'
'Mach dass du davon kommst, du Schlampe!'
'Dann besorg's dir eben selbst, Fatzke!'

Es waren leere Begegnungen im trüben Licht der Gaslaternen; gleichwohl ob man mich davon jagte oder sich an mir bediente. Doch wenn sie mich hernahmen, blieb mir am Ende etwas Geld. Der Gin ließ dann alles andere für den Moment vergessen ...

Scheißkerle!

Der Gedanke auf der Straße zu übernachten, machte mir Angst. Feuchtigkeit und Kälte krochen einem in die Glieder, hinderten daran, Schlaf zu finden. Die Kleider wurden jedes Mal furchtbar eingesaut, kaum eine Gelegenheit sie wieder halbwegs sauber zu bekommen. Ich versuchte nachzudenken. Zu wem könnte ich gehen? Letzte Nacht war ich im White House Nachtasyl. Aber dorthin wollte ich nicht zurück. Das

Doss Haus in der Thrawl Street! In die Küche kam man vom Hof aus über eine Hintertür. Die war oft nicht abgeschlossen. Ich kannte den Aufseher, hatte ihn ein paar Mal 'ran gelassen – zum Freundschaftspreis. Er würde mich schon nicht zurück auf die Straße schicken.

Etwas später saß ich in der Küche des Doss Hauses. Mir war übel. Ich wollte nur noch schlafen. Doch ich musste mich zusammennehmen. Thomas, der Aufseher, würde mich nicht für umsonst aufnehmen. Er hätte aber auch keine Lust auf eine Nummer, wenn er merkte, wie betrunken ich war. Ich nahm mich zusammen, versuchte aufrecht zu sitzen und sprach in knappen Sätzen, damit ich nicht zu sehr ins Lallen verfiel. Es war schwierig ihn dabei anzusehen.
'Jetzt komm schon! Wir hatten früher doch Spaß ...'
Ich schenkte ihm ein Lächeln.
' ... wirst es nicht bereuen!'
Der Bock spielte den Unnahbaren, wollte verführt werden. Es sollte mir recht sein. Ich machte das Spiel mit. Wenn ich nur nicht so verdammt müde gewesen wäre ...
Ich stand auf, hielt mich kurz am Tisch fest, und ging dann zwei Schritte auf ihn zu. Ich vermied es ihm ins Gesicht zu hauchen."

Er steht mit dem Rücken zum Publikum, Polly geht auf Ihn zu, legt ihre Hand in seinen Schritt:
„*'Du musst mir auch kein Geld dafür geben. Lass*

mich einfach ins Haus! Es wird auch niemand erfahren!'

Ich spürte, wie sich Thomas' Glied unter meinen Berührungen versteifte. Die Kerle waren alle gleich."

Polly geht in die Knie und öffnet seine Hose, beginnt die Fellatio. Ein Läuten ertönt. Er fährt erschreckt zusammen und stößt Polly weg. Hastig verstaut Er sein Gemächt in der Hose.

Polly:

„Es war die Klingel des Doss Hauses. Die plötzliche Angst des Wichts erwischt zu werden, brachte mich zum Lachen. Eben wollte er mir in den Mund spritzen, nun hatte er nur noch Angst, dass ihn jemand verpfeifen könnte.

Es klingelte ein zweites Mal. Thomas wurde nervös und wollte mich weder alleine in der Küche lassen, noch mich mit Gewalt hinauswerfen. Ich half ihm und ging von selbst.

'Ich werde mein Übernachtungsgeld sehr bald zusammen haben. Die Kerle stehen heute Nacht Schlange bei mir!'

Ich lachte erneut. Über ihn, über mich, am Ende nur aus Verzweiflung. Dann war ich wieder im Freien, suchte den Weg aus dem Hinterhof hinaus auf die Straße.

Es war wohl eine Stunde später. Nebel war aufgezogen und lag feucht in den leeren Straßen. Ich würde keinen Freier mehr finden.

Ich ging, vermutlich taumelte ich mehr, die Brady Street entlang. Dann bog ich in die Buck's Row ein. Es war eine kleine, schäbige Gasse. Auf der linken Seite befanden sich zweigeschossige Wohnhäuser, gegenüber waren die Rückseiten hoher Lagerhäuser. Alles in Dunkelheit gehüllt. London schlief nie wirklich. Aber jetzt, in dieser gottverlassenen Straße, war nicht der geringste Laut zu hören. An ihrem Ende vereinigte sich die Buck's Row mit der Winthrop Street. Etwas weiter unten befand sich eine Gaslaterne, kämpfte mit einer hellgrauen Korona gegen die Dunkelheit. Ich konnte den schwachen Schimmer bereits sehen, als ich die Schritte hinter mir vernahm. Sie wirkten vorsichtig, zurückhaltend, so als ob nicht nur der Nebel sie dämpfte.

Ich drehte mich um und erkannte einen Schatten, der zügig aber ohne Hast auf mich zukam. Ein letzter Freier auf der Suche? Zum Reden war ich kaum noch in der Lage, wollte meinen letzten Kunden des Tages nicht verschrecken. Deshalb sprach ich ihn erst an, als er nahe bei mir war. Er war keine zwei Schritte entfernt, machte gar keinen so schäbigen Eindruck. Es wäre mir auch egal gewesen.

'Na Unbekannter, was kann ich für dich tun?'

Die Worte kamen nur mühsam über meine Lippen. Damit er mich verstehen konnte, sprach ich etwas lauter. Im nächsten Moment spürte ich die Hand des Fremden an meiner Kehle. Er begann mich sofort zu würgen. Ich brachte keinen Laut heraus, dennoch drückte er die andere Hand auf meinen Mund. Panik ergriff mich. Ich wollte mich wehren, spürte, wusste, dass es mir an das Leben ging. Ich versuchte den Angreifer zu schlagen, seinem Griff zu entrinnen, doch er hielt mich fest gepackt. Mir wurde schwarz vor Augen. Dann drang die Klinge in meinen Hals. Er wollte sie durchziehen, etwas hinderte ihn. Er zog sie heraus. Ein zweiter Stich. Diesmal ging der Schnitt tiefer. Schmerzen, Licht, die Gewissheit zu sterben. Ich wollte noch etwas sagen, um Mitleid flehen. Blut füllte meinen Mund, rann aus meiner aufgeschnittenen Kehle.

Ich lag am Boden. Erneut der Schmerz der Klinge. Der Fremde hatte mir die Beine auseinander gedrückt, die Röcke nach oben geschoben und hieb kniend über mich gebeugt auf meinen Unterleib ein. Ich spürte nichts. Es war beinahe so, als ob mich ein Freier nehmen würde. Mein Körper gehörte nicht mehr mir. Ich stand daneben, beobachte einen verstörenden Vorgang.

Als sie mich so kurze Zeit später fanden, sollte mein Herz noch schlagen; retten konnte mich niemand mehr."

Polly ab, Er:
„Das ist alles wirklich sehr ergreifend. Aber habt Ihr wirklich Hoffnung in der Biographie einer Straßendirne etwas zu finden, was auf Jack zeigt?

Die Schilderung der Tat? Nun gut, ich denke die Details sind hinlänglich bekannt. Der Leichnam wurde gegen 3:45 Uhr morgens gefunden. Der Körper war noch warm. Mord und Verstümmelungen mussten rasch verübt worden sein. Keine halbe Stunde zuvor waren zwei Polizeibeamte durch die Buck's Row patrouilliert, ohne etwas bemerkt zu haben.

Aber das wisst Ihr alles viel besser als ich, Abberline."

Abberline:
„Hätte Polly an jenem Abend nicht ihr verdientes Geld wiederholt in Gin investiert, oder hätte Thomas sie in das Doss House gelassen, oder wäre sie einfach in eine andere Gasse eingebogen …

So viele Entscheidungen die erforderlich waren, sie zu ihrem Mörder zu führen; jede einzelne dazu beitragend, Jack vor uns zu verbergen."

Er, unverhohlener Zynismus in seiner Stimme:
„Es machte Eure Aufgabe nicht leichter."

Abberline:
„Vielleicht war die letztendliche Selektion des Opfers vom Zufall geführt. Doch gab es ein gemeinsames Band zwischen den Frauen. Sie teilen alle den gleichen Typus."

Er, nickend:
„Allesamt Frauen um die 40 Jahre alt. Alkoholabhängig, Gelegenheitsprostituierte, alleinstehend."

Abberline:
„Alles Frauen, deren Weg sie nicht zwangsweise in das East End hätte führen müssen. Es gab bei jeder von ihnen eine Zäsur, an deren Ende das Leben in Whitechapel stand. Sie waren Gefallene, auch wenn

keine von ihnen behaupten konnte, gänzlich unschuldig am eigenen Schicksal zu sein. Nicht zuletzt hatte sie ihr Handeln hierher gebracht, und damit am Ende auch zu ihrem Mörder geführt."

Er, verunsichert:
„Ist das wirklich eure Überzeugung, Abberline?"

Abberline:
„Nein. Aber ich kann mir vorstellen, dass genau das der Mörder in ihnen gesehen hat."

Er:
„Ich beginne zu verstehen ..."

Abberline:
„Für Jack waren sie nicht die Verlierer einer Gesellschaft, in der es keinen Platz für die Schwachen gab. Sie waren selbst Schuld an ihrer elenden Situation. Jack machte sie dafür verantwortlich. Dies könnte eine Erklärung für den Hass sein, mit dem er zu Werke ging.

Die Verstümmelungen richteten sich vorrangig auf den Unterleib, auf die Geschlechtsorgane. Wir können aber mit hoher Sicherheit annehmen, dass Jack die Opfer nicht vergewaltigt hat. Das war keine fehlgeleitete sexuelle Begierde."

Er, zweifelnd:
„Nun, wenn Ihr sexuelle Begierde etwas allgemeiner auslegen würdet ..."

Abberline, den Einwurf übergehend:
„Ich glaube sogar, dass sich Jack von den Frauen bedroht gefühlt hat!"

Er:
„Für wen sollten die heruntergekommenen Bordsteinschwalben eine Gefahr darstellen? Sie waren kaum in der Lage ihren notdürftigsten Lebensunterhalt zu bestreiten."

Abberline:
„Die Bedrohung lag in dem, was sie verkörperten: Ein Abbild der Sünden Babylons, eine abscheuliche Krankheit, an der sich die rechtschaffenen Bürger infizieren – auf mehr als nur eine Weise.

Wer sich davon bedroht fühlte? Ein religiöser Fanatiker? Jemand mit einer kranken Moralvorstellung? Ein ansonsten unauffälliger Bürger, der ein Zeichen gegen die sittliche Verrohung von Whitechapel setzen wollte?

Vielleicht ist die Angst des Täters sogar noch viel profaner begründet. Handelte es sich womöglich um einen kleinbürgerlichen Freier, der sich bei einem nicht ganz so bürgerlichen Vergnügen die Syphilis, den Tripper oder den weichen Schanker eingefangen hatte?

Ich weiß es nicht. Doch ich bin mehr denn je davon überzeugt, dass uns die Beantwortung dieser Frage zu Jack führt. Denn offensichtlich hat dieser die Bedrohung sehr persönlich genommen."

Szene 3

„Sie war stets fleißig – wenn sie nüchtern war; und sie war ein richtig cleveres Mädchen."

Amelia Parmer, Freundin von Annie Chapman am 14. September 1888

Er:
„Der Mord an Mary Ann Nichols erzeugte selbst unter der so an Gewalt gewohnten Bevölkerung des East End eine tiefe Verunsicherung. Von nun an schlich Angst durch die Gassen Londons und legte sich drückend auf die Gemüter der Menschen. Doch bei aller Grausamkeit, trotz der diabolischen Zurschaustellung des verstümmelten Leichnams war es dennoch nur eine tote Dirne. Dies genügte nicht, die Aufmerksamkeit von Scotland Yard auf sich zu ziehen."

Abberline:
„Das ist leider nur zu richtig. Hierfür war ein weiterer Mord erforderlich."

Er:
„Jack lieferte diesen in der Nacht des 8. September. Das Opfer hieß Annie Chapman. Als man Euch die Ermittlungen übertrug, war der Leichnam bereits entfernt und der Tatort freigeben worden. Somit konntet

Ihr auch diesen nicht persönlich in Augenschein nehmen."

Abberline, ihn kritisch betrachtend:
„Es waren fähige Polizisten vor Ort. Inspector Chandler, der als einer der ersten am Tatort eintraf, hatte gute Arbeit geleistet. Ich glaube nicht, dass er etwas übersehen hat, was mir aufgefallen wäre."

Er.
„Ich habe über Chandler gelesen. Er sicherte nicht nur den Tatort und schaffte die Gaffer aus dem Weg. Er begab sich kurz darauf auch in das Leichenschauhaus und durchsuchte selbst die Kleidung der Toten.

Dabei war es nur ein Zufall gewesen, dass er sich zum Zeitpunkt als die Leiche gefunden wurde, in der Nähe befunden hatte - nicht wahr?"

Abberline, zögernd:
„Ich bin mir nicht sicher, was Ihr damit andeuten wollt. Der Arbeit von Chandler und dem Bericht des von ihm herbeigerufenen Gerichtsmediziners Dr. Phillips haben wir es zu verdanken, ein sehr genaues Bild über den Tathergang zu besitzen."

Er:
„Wirklich? Dann schildert bitte, was sich Eurer Meinung nach – oder dem Bericht Chandler's zufolge – in jener Nacht zugetragen hat.

Und wenn Ihr vielleicht diesmal auf die ausschweifende Biographie des Opfers verzichten könntet? Ich denke, dass sie sich nicht grundlegend von der Polly's unterscheiden wird."

Abberline wirkt etwas verärgert, doch das Auftreten einer Frau verhindert seine spitze Antwort. Sie tritt langsam an Abberline und Ihn heran.

Annie:
„Wenn Ihr mich fragen würdet, was das Schlimmste daran gewesen war ...
Es waren nicht die Beschimpfungen und die Grobheiten. Es war auch nicht der faulige Gestank ihres Atems, wenn sie auf mir lagen."

Annie bleibt vor Abberline stehen, blickt ihm in die Augen:
„Für ein paar Pennies erkauften sie sich meinen Körper, errangen für wenige Augenblicke Macht über mich.
Es war diese leere Gier in ihren Augen. Ihr Blick zeigte mir, was wir für sie waren: ein Stück Fleisch. Sie waren getrieben von einem Verlangen ohne jede Spur von Wärme, flüchtig wie der unbedeutende Akt selbst."

Annie wendet sich an Ihn:
„Ein totes Stück Fleisch, das der Beschäler bestieg. Dieser Anblick ließ uns die Augen schließen, den Blick abwenden ..."

Annie, nun mit einem spöttischen Lächeln:
„... oder man drehte sich um. Das hatten den Vorteil,

auch einem Großteil des Gestanks zu entrinnen.

Wie kann ich Euch beiden nun zur Verfügung stehen? Möchtet auch Ihr, dass ich mich ... umdrehe? ... zurückschaue?"

Abberline:
„Wir jagen ihn noch immer."

Annie:
„Ja, ich weiß. Auch wenn es mir schwerfällt, dies zu verstehen. Offensichtlich ist Ihr Verlangen, Inspector Abberline, anhaltender – aber nicht weniger kalt."

Er:
„Was ist in jener Nacht passiert?"

Annie, an Ihn herantretend:
„In jener Nacht? Die Nacht, in der mich Jack the Ripper auserwählt hat? Ihr erkennt überhaupt nicht, wie verletzend eure Frage ist.

Aber ich werde es Euch sagen, Euch beiden.

'Wie viel nimmst du?'
Die Stimme erschreckte mich. Sie kam aus dem Schatten eines Torbogens. Dann sah ich die hagere Gestalt, begriff und schenkte ihr mein geschäftsmäßiges Lächeln.

'Willst du nicht zuerst fragen, was du dafür bekommst?'
Ich ging auf den Schatten zu, versuchte dabei meine

Hüften zu wiegen und so begehrenswert wie möglich zu erscheinen. Der Schatten ließ sich auf das Spiel ein.
'Ich nehme an, das gleiche, wie bei jeder anderen Hure hier in der Straße!'
Ich spielte die Enttäuschte, gab mich stolz.
'Wenn du das meinst, dann solltest du vielleicht besser zu einer von diesen gehen.'
Der Unbekannte lachte verächtlich. Aber meine Antwort schien ihm zu gefallen.
'Du nimmst den Mund ziemlich voll!'
'Das kannst du doch noch gar nicht wissen ...'
Jetzt stand ich vor dem Unbekannten. Ich war keine Armlänge von ihm entfernt und konnte dennoch nicht sein Gesicht erkennen. Nur zwei helle Augen, die mich aus dem Dunkel anstarrten. Wie ich diese lüsternen Blicke kannte!
Ich nannte meinen Preis. Das zynische Lachen war nicht zu sehen, aber ich hörte, wie er verächtlich die Luft ausstieß.
'Für das Geld bekomme ich eine Schlampe wie dich die ganze Nacht!'
Er zögerte, schien zu überlegen.
'Aber du gefällst mir! Ich geb' dir die Hälfte. Wenn du weiter verhandeln willst, ist die Sache vorbei. Sag ja oder lass' es sein!'
Der Fremde hatte das Spiel übernommen. Er war so selbstsicher, so überlegen. Ich empfand eine unbestimmte Angst. Doch ich nickte. Der Preis war sehr

gut.

Der Mann zog mich in den Torbogen. Gehorsam streckte ich ihm mein Hinterteil entgegen, während ich mich an der Wand abstütze. Ich spürte, wie er meine Röcke hochhob, nach dem Bund der Unterhose suchte. Die Freier nahmen nicht viel Rücksicht und nicht selten verletzten sie einen beim ersten Eindringen. Weh tat es fast immer. Nichts geschah. Hektische Bewegungen an meinem Hintern, wechselnde Berührungen an meinem Geschlecht und ein angestrengtes Keuchen in meinem Rücken. Aber kein Schmerz der Penetration. Es wurde mir zu lang. Auch befürchtete ich, dass man uns in dem Torbogen entdecken könnte.

'Jetzt komm schon! Steck' ihn endlich rein!'

Ich spürte etwas an meiner Fut. War wohl sein Schwanz. Ich schloss die Augen, ersehnte das Eindringen förmlich. Wieder geschah nichts. Der Kerl hatte keine Erektion! Das war das Letzte, was ich jetzt gebrauchen konnte. Ein Freier ohne Steifen, mit dem ich mich ohne Chance auf einen raschen Abschluss abmühen konnte. Nach einigen weiteren Minuten wurde ich ärgerlich. Ich wusste, dass es gefährlich war, einen Freier darauf anzusprechen. Häufig gab es anstelle des Verkehrs Schläge. Aber ich wollte die Sache beenden.

'Hey Mann. Macht doch nichts! Dann treiben wir's, wenn's mal besser passt!'

Keine Reaktion. Das gleiche hektische Bemühen an meinem Geschlecht, die gleichen gepressten Atemzüge.

'Komm' hör auf! Das wird heute nichts mehr!'

Die Bewegungen endeten schlagartig. Der Fremde drehte mich mit einer Gewalt um, die mir den Atem raubte. Eine Hand griff nach meiner Kehle und drückte sofort zu. Ich bekam keine Luft mehr, Entsetzen packte mich. Ich wollte nach dem Mann schlagen. Er fing den Schlag ab, versetzte mir mit der rechten Hand eine heftige Ohrfeige. Lichtblitze explodierten vor meinen Augen.

Dann, ebenso plötzlich wie er mich ergriffen hatte, ließ er auch wieder los. Ich verlor das Gleichgewicht und stürzte zu Boden. Ich rang nach Luft, unfähig davonzulaufen. Ich hörte das Geräusch einer fallenden Münze und Schritte, die sich rasch entfernten. Ich wagte nicht aufzublicken. Es dauerte einige Zeit, bis ich wieder zu Atem kam. Dann erhob ich mich, richtete meine Kleidung. Unweit lag die Münze. Ich hob sie mit zitternden Händen auf und suchte den Weg in den nächsten Pub."

Er, wütend:
„Das war nicht Jack!"

Annie:
„Nein, natürlich nicht. Das habe ich Euch auch nicht versprochen. Ich erzählte Euch von jener Nacht, von einer Nacht. Der Ablauf der Tage – der Nächte – war bestimmt vom Kommen und Gehen der Freier; und diese waren gleichermaßen austauschbar."

Abberline:
„... was Jack nicht war."

Annie, lächelnd.
„Wir waren verlorene Seelen in einer verlorenen Stadt. Aus dieser gab es kein Entrinnen für uns, außer dem, was Jack anbot.

Das ist alles, was ich Euch zur Befriedigung eures Verlangens anbieten kann, Frederick Abberline. Sucht nicht zu sehr nach dem Muster, sucht nach der Ausnahme."

Er, dazwischen gehend:
„Du sollst uns nicht belehren, sondern unsere Fragen beantworten!"

Annie:
„Ihr habt hier keine Macht über mich, nicht einmal für einen kurzen Augenblick."

Annie ab. Abberline blickt ihr nach.
„Ihr habt sie verärgert. Kanntet Ihr sie womöglich von früher?"

Er schweigt.

Abberline starrt Ihn an ohne ein Wort zu sagen. Nach einer langen Pause wendet er sich ab, kehrt zu seinem nüchternen, rationalen Tonfall zurück.
„Ich habe mit Chandler wenige Tage nach dem Mord an Annie Chapman gesprochen. Ich bat ihn zum Yard, wollte dort mehr hören, als in dem offiziellen Bericht zu lesen war."

Er:

„Er stand damals im gleichen Rang wie Ihr. Nur dass Ihr mittlerweile beim berühmten Scotland Yard wart. Respekt einflößend – und das habt Ihr ihn sicherlich auch spüren lassen."

Abberline:

„Ich bot ihm einen Brandy an, wollte bewusst keine formale Befragung durchführen. Er lehnte ab, berief sich darauf, dass er im Dienst sei. Ich musste mir ebenfalls einen einschenken, um ihn schließlich zu überreden."

Er:

„Ihr konntet zu diesem Zeitpunkt noch nicht wissen, dass Chandler Jahre später wegen Trunkenheit im Dienst degradiert werden würde – oder etwa doch?"

Abberline, die Frage übergehend:

„Chandler hatte keinen ersichtlichen Fehler gemacht. Zumindest keinen, den ich aus den Akten hätte heraus lesen können."

Er:

„Genau das war Euer Problem! Ihr musstet Euch ausschließlich auf Informationen aus zweiter Hand stützen. Immer mit der Unsicherheit, dass vielleicht doch ein entscheidender Hinweis übersehen worden war."

Chandler sitzt in einer Ecke der Bühne in einem Ledersessel. Abberline tritt an Chandler heran:

„Sagen Sie mir, Chandler: Wie hat es sich an jenem Abend zugetragen?"

Chandler:

„Sir?"

Abberline:

„Erzählen Sie mir, wie es passiert ist. Nicht das, was in den Akten steht. Ich kann lesen. Erzählen Sie mir, wie Sie glauben dass es passiert ist!"

Chandler:

„Wo soll ich anfangen, Sir?"

Abberline:

„Wer hat Annie Chapman zuletzt lebend gesehen?"

Chandler:

„Mrs. Elizabeth Long. Sie war um halb sechs auf dem Weg zum Spitalfields Market. Es war in der Hanbury Street Nr. 29. Chapman stand dort mit einem Fremden."

Abberline:

„Mrs. Long hat Annie Chapman erkannt?"

Chandler:

„Sie war nicht mit der Ermordeten bekannt, hat sie aber im Leichenschauhaus identifiziert.

Abberline:
„Was ist mit dem Mann, den Mrs. Long gesehen hat. Was wissen wir über ihn?"

Chandler:
„Mrs. Long hat im Vorübergehen eine kurze Unterhaltung mit angehört. Er soll sie gefragt haben ‚Willst du?', worauf sie mit ‚Ja' geantwortet hat.

Mrs. Long beschrieb den Unbekannten als etwa 40jährig. Er war etwas größer als die Tote. Er hatte einen tief ins Gesicht gezogenen Filzhut und einen dunklen Mantel, wobei sie sich des Letzteren allerdings nicht sicher ist."

Abberline:
„Das ist nicht viel wert, Chandler."

Chandler, ausweichend:
„Das ist mir bewusst, Inspector."

Abberline:
„Sie waren am Tatort. Sie haben gesehen, wie er sie zugerichtet hatte. Ich möchte von Ihnen wissen, was da passiert ist."

Chandler nach einem Moment des Schweigens:
„Kann ich noch einen Brandy haben, Sir?"

Abberline nickt und gießt ihm nach. Chandler:
„Man muss nicht aussprechen, welche Übereinkunft die beiden getroffen hatten. Der Hinterhof ist des

Nachts nie abgeschlossen und bei den Prostituierten in der Gegend bekannt; und beliebt, um ungestört dem Gewerbe nachgehen zu können.

Ich denke, Annie ist vorangegangen. Ob der Killer die Örtlichkeit kannte, kann ich nicht sagen. Sie kannte sie bestimmt. Bot der abgeschirmte Hinterhof für Annie den notwendigen Schutz, so galt das gleiche auch für ihren Mörder und dessen Absichten."

Abberline:
„Ja – natürlich! Zumal ihnen kurz zuvor Mrs. Long begegnet war. Mit weiteren Passanten auf dem Weg zur Arbeit war um diese Uhrzeit zu rechnen."

Chandler, nickend:
„Doch konnte der Hinterhof auch zur Falle werden. Es gab nur einen Zugang. Ein Anwohner mit etwas Zivilcourage hätte den Täter leicht festsetzen können. Ich glaube, dass sich der Killer dessen bewusst war.

Annie ging voraus. Die neun Meter durch den Durchgang, in den Hinterhof. Die drei Stufen hinunter, dann linker Hand an die Mauer oder den Zaun. Vermutlich wollte sie das Geschäft im Stehen und von hinten abwickeln. Es ist die übliche Art ..."

Abberline:
„Aber dazu kam es nicht."

Chandler schweigt einen Moment, fährt dann fort:
„Der Killer ließ sie umdrehen. Er blickte Annie Chapman ins Gesicht, als er sie umbrachte.

Aufgrund des Autopsieberichtes und der Position der Leiche denke ich, er hat sie zuerst gewürgt. Niemand hat einen Hilferuf oder dergleichen gehört. Annie war schwach und krank. Sie stellte kein Problem für den Mörder dar. Als ihr die Beine einknickten stieß ihr Körper gegen den Zaun. Dieses Geräusch hörte ein Zimmermann, der im Nachbarhaus wohnte. Ihm kam nicht im Traum der Gedanke, dass nebenan gerade jemand ermordet wurde."

Chandler leert das Glas. Er fährt fort:
„Nachdem Annie zusammengesunken war, hat er ihre Kehle durchtrennt. Auf dem Zaun fanden sich Blutspritzer. Die Menge des Blutes am Tatort spricht dafür, dass die Tote im Hinterhof ermordet wurde."

Abberline:
„Wie ging es weiter?"

Chandler:
„Er hat sie aufgeschlitzt. Er hat ihren Bauch aufgeschnitten und Teile der Eingeweide rechts neben ihre Schultern gelegt. Er hat ihre Vagina geteilt und auch von dort Teile ihrer Eingeweide entnommen. Er …"

Abberline ihn unterbrechend:
„Wie viel Zeit hat er gehabt?"

Chandler:
„Die Leiche wurde kurz vor sechs Uhr von John Davis, einem Bewohner der Hauses entdeckt. Zieht

man den Kampf oder das Strangulieren mit in Betracht, verbleiben etwa zwanzig Minuten.

Davis und der Mörder mussten sich im Durchgang um wenige Minuten verpasst haben.

Dr. Philipps ist der Überzeugung, dass die Verletzungen von jemanden mit anatomischen Kenntnissen durchgeführt worden sein mussten. Er selbst gab an, für eine derartige … Operation mindestens eine Viertelstunde zu benötigen."

Abberline:
„Diese Viertelstunde hat der Killer knapp gehabt. Allerdings nicht im üblichen chirurgischen Umfeld. Er kniete im Dämmerlicht in einem Hinterhof über dem Körper der eben ermordeten Frau, verstümmelte sie.

Aber in einer Sache hat Dr. Philipps sicherlich recht. Unser Mörder kann mit dem Messer umgehen. Auch oder gerade wenn er unter Druck steht, keine Zeit hat und schnell arbeiten muss.

Trotz all dieser … Fertigkeit … musste er das Glück in Anspruch nehmen, nicht ergriffen zu werden.

Was wissen wir über die Tatwaffe?"

Chandler:
"Es muss sich um ein Messer, mit einer langen, dünnen und sehr scharfen Klinge gehandelt haben, 15 bis 20 Zentimeter lang, vielleicht sogar länger. Es war auf keinen Fall ein Bajonett oder eine vergleichbare Waffe. Vielleicht sogar ein Obduktionsmesser…"

Abberline:
„Hatte Dr. Phillips in seiner eigenen Tasche nachgesehen?"

Chandler, den Zynismus von Abberline übergehend:
„... oder das Filetiermesser eines Metzgers."

Abberline:
„Sie waren als einer der ersten am Tatort, sahen die Szenerie so, wie sie der Mörder hinterlassen hat. Was fühlten Sie bei dem Anblick?"

Chandler:
„Darauf möchte ich nicht antworten."

Abberline, laut:
„Wir jagen hier ein Ungeheuer, Chandler. Sprechen Sie es aus!"

Chandler:
„Gewalt gegen die 'Gefallenen' ist nichts, worüber sich jemand in Whitechapel erregen würde. Die Frauen werden verprügelt, nicht selten vergewaltigt, fügen sich freiwillig oder gezwungen in jedwede perverse Spielart. Meistens geht die Gewalt von den Freiern aus, manchmal von den Zuhälterbanden, die schon 'mal einen Finger abschneiden, wenn man nicht rechtzeitig das Schutzgeld zahlt.
Aber das, was mit Annie Chapman geschehen ist ...
So wie ich sie fand, wie sie in diesem Hinterhof lag; er wollte ... er hat diese Frau zerstört. Es ging ihm

nicht darum, sie zu töten. Wäre das seine Absicht gewesen, er wäre nach kurzer Zeit fertig gewesen. Doch er hat sie ausgeweidet, eine furchtbare Wut an dem Leichnam ausgelebt. Er muss von einem entsetzlichen Hass auf das getrieben sein, was er in diesen Frauen sieht!"

Chandler ab. Er, etwas gelangweilt:
„So weit waren wir schon."

Abberline:
„Was den Hass betrifft – vielleicht. Aber es setzt sich fort."

Er:
„Es ist der Beginn der Serie ..."

Abberline:
„Was uns der Mord an Annie Chapman mit Sicherheit sagt, ist, dass Jack eine gewöhnliche Erscheinung besitzt. Er ist kein bluttriefendes Monstrum, dem man das Böse sofort ansieht. Denken sie an die Aussage von Mrs. Long."

Er:
„Sie konnte sein Gesicht nicht erkennen."

Abberline, den Einwurf übergehend:
„Und Jack kann mit dem Messer umgehen. Ich halte wenig von der Theorie, dass er eine ärztliche Ausbildung genossen haben muss. Doch er ist auf jeden Fall

verdammt schnell."

Er:
"Das alles bringt uns nicht wirklich voran. Ihr verliert Euch erneut in Indizien. Wo ist das Muster? Wir sprechen von einer Serie. Die Elemente müssen eine Verbindung besitzen."

Abberline:
"Viele Morde werden dadurch aufgeklärt, dass sich der Täter nach einigen Tagen von der Schuld zermürbt stellt. Oft gibt es Zeugen der Tat. In den verbleibenden Fällen hilft die Beantwortung der Frage, wer am meisten Nutzen aus dem Ableben des Opfers zieht.
Leider trifft nichts davon auf Jack zu. Scheinbar willkürlich ausgewählt, es hätte jede treffen können. Es erscheint sinnlos, eine Linie vom Opfer zum Täter ziehen zu wollen."

Er:
"Es kann uns aber auch sagen, dass das Töten gar nicht im Zentrum der Tat stand."

Abberline, skeptisch.
"Er verfolgte einen andern Zweck? Ist das nicht offensichtlich? Aber wie wollt Ihr seine geheime Befriedigung in dieser Gleichung bewerten? Eine stille, kranke Erfüllung, die sich alleine im Geist des Täters vollzog."

Er:
„Ich frage nicht nach seiner Motivation. Ich frage nach der unmittelbaren Konsequenz seines Handelns; das, was für jeden sichtbar war, … spürbar wurde."

Abberline denkt schweigend nach.
Er:
„Angst ging um! Nicht nur unter den einfachen Bewohnern des East End. Es wurde sogar erforderlich, dass sich Scotland Yard der Sache annahm."

Abberline, nickend:
„Die Menschen begannen die Straße nächtens zu meiden."

Er:
„Die Huren – ja."

Szene 4

"Who did it? – Kann es sein, dass uns weitaus mehr die Frage denn die Antwort treibt?"
Anonymus, WorldWideWeb, irgendwann Ende der 1980er Jahre

Er:
„Also gut, wir suchen einen gewöhnlich wirkenden Einwohner des East End, der eine gewisse Begabung in der Handhabung mit dem Messer und einen tief empfundenen Hass auf die Huren von Whitechapel besitzt. Vielleicht einen Hass auf Frauen allgemein, aber er wagt ihn nur gegenüber den Straßendirnen auszuleben."

Abberline:
„Nun nähern wir uns einem möglichen Motiv – und werden uns rasch in Mutmaßungen verlieren. Das weiß ich leider nur zu gut.

Lassen sie uns weiter die Liste der Verdächtigen durchgehen. Ihr könnt einen Namen wählen."

Er:
„Michael Ostrog."

Abberline:
„Erneut jemand, den Macnaghten als möglichen Täter angesehen hat. Er war ein russisch stämmiger Trickbetrüger und Dieb. Vermutlich genügte seine Abstammung, um ihn zu einen Verdächtigen zu machen. Ostrog wurden niemals schwerwiegendere Verbrechen außer Betrug und Raub nachgewiesen, nicht einmal Körperverletzung. Die Verdächtigung seiner Person ist ähnlich motiviert wie im Fall von Druitt – das Böse muss am Randgebiet der Gesellschaft zu suchen sein. Und sie ist ähnlich substanzlos."

Er:
„Ein Schriftsteller konnte in den 70er Jahren des 20. Jahrhunderts nachweisen, dass Ostrog zur Zeit der Rippermorde in Frankreich im Gefängnis saß – wegen Betrug. Ihr liegt richtig, Abberline."

Abberline:
„Schriftsteller stellen 100 Jahre nach den Morden Nachforschungen an? Wie muss ich mir das vorstellen?"

Er.
„Ihr würdet staunen zu erfahren, welches öffentliche Interesse die Morde nach Eurem Tod erfahren haben!"

Abberline, kopfschüttelnd:
„John Pizer!"

Er, lächelnd:
„Jetzt wird es interessanter:
Pizer war Jude, Stiefelmacher. Auch eine Existenz am Rande der Gesellschaft. Allerdings auch ein erstes Indiz, das passte: Mit Sicherheit war der Handwerker jemand, der mit dem Messer umgehen konnte."

Abberline:
„Leather Apron – wohl wegen seiner Schürze – war sein Spitzname.
Schnell gab es eine Vorverurteilung in der Presse. Einen Juden hielt man derart abscheulicher Verbrechen für fähig. Darüber hinaus wurde bekannt, dass er Prostituierte schon mehrfach angegangen hatte."

Er:
„Was vermutlich auf sehr viele Männer in Whitechapel zutraf. Doch ich kann mir vorstellen, dass die erforderliche Differenzierung dem Mob auf der Straße zu feinsinnig war. War die Menge nicht sogar kurz davor gewesen ihn zu lynchen?"

Abberline:
„Was uns zwang, ihn festzusetzen. Doch er hatte nachweislich Alibis für die Morde an Mary Ann Nichols und Annie Chapman. Es blieb uns nichts anderes übrig, als ihn wieder auf freien Fuß zu lassen. Die Öffentlichkeit war entrüstet, aber es gab keinerlei belastbare Hinweise auf seine Täterschaft."

Er:

„Immer diese Sache mit den Alibis. Sie können der Lösung eines Falles wirklich im Weg stehen.

Wurde nicht auch eine Lederschürze beim Leichnam von Annie Chapman gefunden?"

Abberline:

„Ja. Eine wie es wohl hunderte in Whitechapel gab. Die Anschuldigungen waren haltlos.

John Pizer hat sogar eine finanzielle Entschädigung für die falschen Behauptungen durch die Presse erhalten."

Er:

„Jack's Taten hinterließen auf mehr als eine Art revolutionäre Spuren. Streichen wir somit auch John Pizer.

William Bury."

Abberline:

„Nicht noch einmal er."

Er:

„Wollen wir es gründlich machen oder nur, was uns angemessen erscheint?"

Abberline:

„Burys Fall war bereits 1889 alles andere als … angemessen.

Abberline, der Fall rekapitulierend:
„Im Februar jenen Jahres erschien Bury auf einer Polizeiwache und erklärte, dass seine Frau Selbstmord begangen habe. Dieser läge bereits fünf Tage zurück."

Er:
„Er lebte zu dieser Zeit im schottischen Dundee. Ihr habt die Sache ernst genommen die Reise dorthin persönlich auf Euch genommen."

Abberline:
„In seinem Haus fand man tatsächlich die Leiche seiner Frau. Sie hatte noch den Strick um den Hals. Ihr war mit einem Messer in den Unterleib gestochen worden – den Verletzungen von Mary Ann Nichols nicht unähnlich. Den Leichnam hatte man in eine Kiste gezwängt. Dabei brachen mehrere ihrer Knochen."

Er:
„Das ist in der Tat … ungewöhnlich."

Abberline:
„Im Haus fanden sich Schriftzüge wie 'Jack the Ripper ist hinter dieser Tür' oder 'Jack the Ripper ist im Keller'. Aller Wahrscheinlichkeit nach stammten sie von Bury selbst."

Er:
„Es war ein Copycat!"

Abberline:
„Was?"

Er:
„Ein Copycat, ein Nachahmer, ein Trittbrettfahrer."

Abberline:
„Was hat das mit einer Katze zu tun?"

Er:
„Glaubt mir, es trägt absolut nichts zu Lösung dieses Falles bei, Euch das zu erklären.
Aber zum Copycat selbst: Vorrangig motiviert durch Taten von Serienmördern, werden von anderen Tätern ebenfalls Verbrechen begangen und den ursprünglichen nachempfunden. Oft wird damit eine Bewunderung oder Verehrung zum Ausdruck gebracht."

Abberline:
„Eine Verehrung von Verbrechern?"

Er.
„Durch die Medien stehen alle Details eines Mordes einer großen, anonymen Menge zur Verfügung. Schon aus Gründen der Wahrscheinlichkeit werden sich manche Individuen ... inspiriert fühlen."

Abberline:
„Das ist ebenso krank wie die Taten des Rippers selbst."

Er:

„Vielleicht, aber dessen ungeachtet nicht weniger real. Wie ist die Sache mit Bury zu Ende gekommen?"

Abberline:

„Er hat den Mord an seiner Frau schließlich gestanden – allerdings nur diesen. Zwei Monate später wurde er gehängt."

Er:

„Zum Zeitpunkt der Rippermorde lebte er im East End."

Abberline:

„Im East End, ja. Nicht in Whitechapel. Er hat mit Huren verkehrt und sich und seine Frau hierdurch mit Syphilis infiziert."

Er.

„Wie pikant. Aber soll sein Frau vor der Ehe nicht auch der Prostitution nachgegangen sein? Ist es nicht schwierig zweifelsfrei zu bestimmen, wer hier wen infiziert hat?"

Abberline zögert. Dann übergeht er den Einwand.
Abberline:

„Etwa zwei Monate nach dem Mord an Mary Jane Kelly war Bury mit seiner Frau nach Dundee gezogen."

Er:
„Es würde das Ende der Serie erklären."

Abberline:
„Nicht wirklich. Was hätte ihn abhalten sollen, in Dundee seinem Trieb nachzugehen?"

Er:
„Vielleicht musste er sich erst an die neue Umgebung gewöhnen."

Abberline:
„Um dann sein Frau zu Hause zu ermorden? Bury war nicht nächtens durch die Straßen von Dundee auf der Suche nach geeigneten Opfern gezogen."

Abberline schweigt, blickt Ihn eindringlich an.
Abberline:
„Bury hatte einige Tage zusammen mit der Leiche in dem Haus gewohnt. Wisst ihr, was er aussagte, als man ihn nach dem Grund fragte?
Er habe Angst gehabt, für Jack the Ripper gehalten zu werden."

Er:
„Ich glaube, dass ich Euch nicht folgen kann."

Abberline:
„Bury hat seine Frau ermordet. Das hat er gestanden, und er wusste, dass es den Strick für ihn bedeutete. Vermutlich war er auch vom Ripper fasziniert … Eure

Theorie vom Copycat oder wie Ihr es nanntet.
Angesichts des Todes gab es aber keinen Grund mehr für ihn, die Identität weiter im Verborgenen zu halten. Der echte Jack hätte es vermutlich in die Welt hinaus geschrien."

Er, nickend:
„Das ist was dran. Streichen wir auch ihn von der Liste.

Joseph Barnett."

Abberline, verwundert:
„Er war von uns nie ernsthaft verdächtigt worden."

Er:
„Und dennoch habt Ihr ihn verhört; mehr als vier Stunden."

Abberline:
„Barnett war der Gefährte des letzten Opfers – Mary Jane Kelly. Auch sie war eine der Prostituierten von Whitechapel, und Barnett wollte nicht, dass sie dieser Arbeit weiterhin nachging. Etwas, was wohl für jeden anständigen Kerl nachvollziehbar ist.

Doch Armut und wohl auch ihre Alkoholabhängigkeit zwangen sie bald wieder auf die Straße. Nicht einmal die drohende Gefahr, die vom Treiben Rippers ausging, konnte das verhindern.

Die Beziehung zerbrach."

Er:
„Warum habt Ihr ihn so lange befragt, Abberline?"

Abberline:
„Barnett war ein Bewohner Whitechapels, war dort aufgewachsen und hatte sein ganzes Leben in den engen Gassen und dunklen Hinterhöfen verbracht. Dennoch, vielleicht deswegen, hat er die Einwohner ..."

Er:
„... die Huren ...."

Abberline:
„... geradezu verabscheut. Er hat daraus kein Hehl gemacht, kein Wort des Mitleids für die anderen Opfer gefunden.

Mary Jane Kelly war für kurze Zeit sein Traum gewesen, dem elenden Leben im East End entfliehen zu können."

Er:
„Diesen Traum hat Jack zerstört."

Abberline:
„So einfach war es nicht. Die Beziehung war bereits zu Ende."

Er, lauernd.
„Also ein Mord aus Eifersucht, Zurückweisung ... Verzweiflung?"

Abberline:
„Das wäre vielleicht eine Erklärung für die Bluttat an seiner Freundin – aber die anderen?

Außerdem besaß er für die Nacht des letzten Mordes ein Alibi ..."

Er:
„...das Ihr sicherlich überprüft habt?"

Abberline will etwas erwidern, aber Er unterbricht ihn:
„Entschuldigt. Das war unbedacht dahin gesagt. Es lag nicht in meiner Absicht, Euch Nachlässigkeit vorzuwerfen.

Joseph Merrick!"

Abberline:
„Der Elefantenmensch? Wie hätte er sich unbemerkt durch die Straßen Londons bewegen können? Welche Prostituierte, wie verzweifelt sie auch gewesen sein mochte, wäre ihm in einen Hinterhof gefolgt? Joseph Merrick mag vieles gewesen sein, verkörperte auf seine Art einen traurigen Schrecken; vielleicht sogar ein Monster. Doch gewöhnlich und geeignet, um unbemerkt in den Gassen unterzutauchen, war seine Erscheinung gewiss nicht."

Er:
„Das verstehe ich. War auch nur der Vollständigkeit wegen.

Sir William Gull."

Abberline:
„Der Leibarzt der Königin? Sind das Verdächtigungen, die der Aufklärung des Falles oder der Befriedigung einer Sensationsgier dienen? Worin sollte sein Motiv begründet sein?"

Er:
„Wir wollten vorsichtig mit der Frage nach der Motivation umgehen. Eure Worte. Aber wenn Ihr es wünscht:
Prinz Albert hatte sich bei einer Prostituierten mit Syphilis infiziert. Der treue Leibarzt rächte sich hierfür durch die Morde!"

Abberline:
„Vollkommener Unsinn!"

Er:
„In Ordnung, eine Variante hierzu: Prinz Albert heiratete heimlich eine Prostituierte, die er zuvor geschwängert hatte. Damit hätte das Kind nicht nur Anspruch auf den Thron gehabt, die ganze Monarchie liefe Gefahr, unter dem Skandal stürzen. Viele Menschen sahen sich der Bedrohung ausgesetzt, Einfluss und Macht für immer zu verlieren. Die Opfer Jack's waren die Mitwisserinnen, die es zu beseitigen galt."

Abberline, die Bitterkeit in seiner Stimme nicht verbergend:
„Es wäre nicht der erste Bastard auf einem Thron gewesen; und selbst wenn das zu Verhindern das Motiv gewesen war: hätte man die Leichen dann nicht im Geheimen entsorgt, anstelle sie verstümmelt öffentlich zur Schau zu stellen?

Die Geschichte eignet sich vielleicht für einen Roman, aber trägt nichts dazu bei, den Fall zu lösen."

Er:
„Nicht nur für einen Roman. Das Ganze wurde sogar verfilmt, recht erfolgreich sogar."

Abberline:
„Was ist ein Film?"

Er:
„Entschuldigt – Euch fehlen ja ein paar Dekaden. Stellt es Euch wie eine Laterna Magica vor. Nur viel dynamischer, ... näher an der Wirklichkeit."

Abberline:
„Und Jack the Ripper wird zum Sujet?"

Er:
„Ihr ahnt nicht, was alles zum Gegenstand der Betrachtung ..."

Abberline:
„Des Voyeurismus?"

Er:
„... werden kann."

Abberline schüttelt erneut den Kopf, schweigt aber.
Er, nach einer kurzen Pause:
„Nehmt es mir nicht übel, Abberline. Aber diese Liste, die wir beide mit solchen Sachverstand – vielleicht sogar Überheblichkeit – abarbeiten ...

Mir erscheint sie nicht weniger willkürlich wie die Auswahl von Jack's Opfern. Wir könnten beinahe jeden Namen auf sie setzen, wenn es nur spektakulär genug klingt.

Abberline:
„Dabei suchen wir den Namenlosen., die verlorene Seele im übervölkerten East End. Ist das die Antwort? Perfekt verborgen durch die Dekaden der Geschichte.

Ein Mysterium auf immer?

Hattet ihr nicht versprochen, das Rätsel dennoch lösen zu können?"

Er, nach einer weiteren Pause:
„Frederick Abberline!"

Abberline erstarrt, ringt nach Worten.
„Ich soll Jack gewesen sein?"

Er:
„Würde das zumindest nicht die Frage elegant beantworten, warum Ihr ihn nie gefasst habt?"

Abberline:
„Das ist ... unglaublich."

Er:
„Ebenso wie das, was Jack den Frauen zugefügt hat.
Sagt mir, Abberline: War es die Erkenntnis, dass Ihr nicht zu Scotland Yard und den feinen Intrigen der höheren Beamten gehört? Ihr seid ein Kind Whitechapels. Die Morde waren für Euch Ventil und Gelegenheit, dem Ränkespiel des Yard zu entkommen. Wer wäre besser als Ihr in der Lage gewesen, den Ermittlungen stets einen Schritt voraus zu sein?"

Abberline, aufbrausend:
„Lächerlich!"

Er:
„Mag sein. Aber Ihr kennt die Liste der Verdächtigen. Die meisten darauf bewerten das Faktum ihrer Beschuldigung als ebenso absurd. Ihr müsst schon mehr liefern, Abberline. Einen Beweis, der Euch unzweifelhaft als Täter ausschließt.
Habt Ihr ein Alibi für die Mordnächte?"

Abberline, verunsichert:
„Was sollte meine Motivation gewesen sein?"

Er:
„Ihr weicht erneut aus!
Wie war Euer Verhältnis zu Frauen, zu Prostituierten? Habt Ihr jemals Eure Position ausgenutzt? Euch selbst

vielleicht deswegen sogar gehasst ? ... oder die Dirnen?"

Abberline:
„Das ist grotesk!"

Er:
"… weil Ihr gar kein Interesse daran gehabt habt? Wart Ihr homosexuell? Es kam nie zum Verkehr kurz vor dem Tod der Huren. Homosexualität stellte unter der Herrschaft von Königin Victoria eine schwere Straftat dar. Eure Karriere wäre im Moment vernichtet. War am Ende die Verdächtigung von Druitt gar nicht so weit von der Wahrheit entfernt?"

Abberline:
„Ich war nicht homosexuell!"

Er:
„... dann vielleicht impotent? Das flüchtige Vergnügen, dass sich jeder noch so primitive Hafenarbeiter für ein paar Pennies nehmen konnte, war Euch für immer verschlossen. Aber nicht das Verlangen danach. Klingt das nicht nach einer plausiblen Erklärung für einen wachsenden Hass?
Ihr wart zweimal verheiratet, hattet aber nie Kinder."

Abberline, nun gefasster:
„Was Euch absolut nichts angeht!
Auch wenn ich mich Euch nicht erklären muss: Es war mir nur eine kurze Zeit mit meiner ersten Frau

Martha vergönnt. Sie starb bereits zwei Monate nach unserer Hochzeit an Tuberkulose. Emma, meine zweiten Frau, konnte keine Kinder empfangen.

Ist das Eure ganze Deduktion? Abberline hat den Ripper nicht gefasst und war kinderlos geblieben. Das beweist gleichermaßen seine Impotenz wie seinen Frauenhass – und das wiederum, dass er der Mörder ist?"

Er:
"… und er war der Verfasser des Tagebuchs von Jack the Ripper."

Abberline:
„Wie bitte?"

Er:
„Ihr leugnet es?"

Abberline:
„Wie ...? Was ...? Natürlich!
Es gibt ein Tagebuch des Rippers?"

Er:
„Es beschreibt auf sechzig Seiten einen kranken Verstand und wie der Urheber nächtens auf die Jagd nach den Huren von Whitechapel geht."

Abberline:
„Ich soll es geschrieben haben?"

Er:
„Ein spanischer Graphologe, das sind Experten für die Analyse von Handschriften, ..."

Abberline, ungehalten:
„Ich weiß, was ein Graphologe ist!"

Er:
„... hat die Schrift des Tagebuchs mit Proben aus Akten Eurer Dienstzeit verglichen. Er kam zu dem Schluss, dass es sich um die gleiche Handschrift handelt; und dass Ihr demnach Jack the Ripper seid."

Abberline:
„Das ist gänzlich absurd!"

Er, nach einer langen Pause:
„Ja, ist es. Sowohl das Tagebuch, das vermutlich eine Fälschung aus den 60er Jahren des 20. Jahrhunderts ist, als auch der angebliche Schriftvergleich.
Das mit dem Spanier ...
Nun, Jack ist längst international eine Marke geworden."

Abberline:
„Das ist alles nur schwer zu verstehen."

Er:
„Mit Jack lässt sich hervorragend Geld verdienen.
Es gibt unzählige Bücher über ihn, Filme, Theaterstücke, ein Musical. Jack findet Leser und ..."

Er, auf das Publikum deutend:
„... füllt Hallen. Sogar das Internet ist voll von ihm."

Abberline:
„Internet?"

Er, überlegend:
„Jetzt wird es kompliziert.
Stellt es Euch vor wie ... Zeitschriften, nur schneller. Alles was Journalisten erdenken, ist im gleichen Moment verfügbar; für jeden Menschen der daran teilhaben möchte. Diese müssen nicht mehr warten, bis die Druckerpressen die Gedanken auf Papier bannen, die Kioske beliefert werden und man ein Exemplar erworben hat.
Darüber hinaus kann jeder in diesem Medium zum Protagonisten werden. Aus einer stumm konsumierenden Masse wird ein weltweit aktives Forum."

Abberline:
„Es hört sich nach Chaos an."

Er:
„Ist es auch – irgendwie. Aber es gewährt auch vorher nicht erreichte Intimität, einen bis dahin unmöglichen Austausch von Gedanken, Ideen, ... Begierden. Es ist nicht mehr erforderlich, eine blutverschmierte Postkarte zu versenden und darauf zu hoffen, dass sie als Faksimile gedruckt wird."

Abberline will etwas sagen, wird aber von Ihm mit einer Geste gebeten zu schweigen.
Er:
„Aber dazu kommen wir gleich."

Abberline:
„Und diese Nähe hat geholfen, Jack zu enttarnen?"

Er:
„Es vergeht kaum ein Jahr, in dem nicht die Identität Jack's final gelüftet oder der Fall endgültig abgeschlossen wird. Zumindest wird es so reklamiert. Nur wird immer wieder ein neuer Jack präsentiert ...

Es sind ausnahmslos Spuren, die ins Nichts führen.

Allerdings ist es in den meisten Fällen zumindest für den Autor wirtschaftlich einträglich."

Abberline:
„Ich verstehe nicht."

Er:
„Wirklich? Ist das, was ich Euch sage, so schwer nachzuvollziehen? Wart Ihr nicht genau mit dem gleichen Phänomen konfrontiert. Vielleicht waren die Medien Eurer Zeit nur ... überschaubarer? ... langsamer?"

Abberline, sich besinnend:
„Ich hielt es für eine vorübergehende Erscheinung. Es war ärgerlich, bewies mir einmal mehr die gewissenlose Ignoranz der Menschen.

Ich hätte nicht gedacht, dass diese schreckliche Faszination der Masse die Zeiten überdauern könnte."

Er:
„Es geschah viel mehr als das. Wir jagen nun nicht mehr einen Mörder, eine reale Person. Jack ist längst zu einem Mythos geworden. Es liegt in der Natur des Mythos, sich der Wahrheit zu entziehen. Die Suche ist das Faszinierende, der Nervenkitzel. Deswegen seid Ihr so wichtig, Abberline. Denn ich glaube, Ihr seid einer der wenigen, die wirklich genug von dieser Suche haben und endlich wissen wollen, wer er war."

Szene 5

> *„...Ihr ergebener
> Jack the Ripper."*
>
> Unterschrift unter dem 'Dear Boss' Brief vom 25. September1888

Er:
„Wann hat es damit begonnen?

Ich meine, wann habt Ihr befürchtet, dass es es sich um mehr als einen dummen Scherz handeln könnte?"

Abberline:
„Es war der an die Central News Agency adressierte Brief vom 25. September."

Er:
„Dear Boss ..."

Abberline:
„Ja, diese Anrede hat er verwendet.

25. Sept. 1888

Geehrter Boss,

mir kommt ständig zu Ohren, die Polizei hätte mich geschnappt, aber noch ist es nicht soweit. Ich musste lachen, wenn sie sich so schlau geben und sich gegenseitig bestätigen, dass sie auf der richtigen Spur sind. Dieser Witz über 'Leather Apron' war aber bisher der beste.

Ich bin hinter Huren her und ich werde nicht aufhören, sie aufzuschlitzen, bis ich geschnappt werde. Der letzte Job war großartige Arbeit. Ich ließ der Madame keine Zeit zum Kreischen. Wie können sie mich da schnappen? Ich liebe meine Arbeit und werde bald wieder aufbrechen. Sie werden dann von mir und meinen kleinen lustigen Spielchen hören. Ich habe etwas von dem roten Zeug vom letzten Job in einer Ginger Bierflasche aufbewahrt. Ich wollte damit schreiben, aber es wurde dick wie Kleister und ich kann es nicht mehr benutzen. Rote Tinte tut´s auch, hoffe ich, ha ha. Beim nächsten Mal schneide ich die Ohren der Madame ab und schicke sie den Polizisten, nur so zum Spaß, das würden sie doch auch tun, oder? Halten sie diesen Brief zurück, bis ich noch ein bisschen mehr gearbeitet habe, dann geben sie ihn heraus. Mein Messer ist so schön und scharf, ich möchte gleich wieder an die Arbeit gehen, wenn sich die Gelegenheit für mich bietet.

Viel Glück.

*Ihr ergebener,
Jack the Ripper*

Macht ihnen doch nichts aus mir diesen Markennamen zu geben?

PS: Hab's leider nicht geschafft, den Brief zu verschicken, bevor ich die rote Tinte von meinen Händen hatte. Verdammt. Kein Glück bisher. Nun sagen sie ich wäre ein Arzt. ha ha.

Er, überheblich:
„Literarisch nicht gerade eine Offenbarung."

Abberline:
„Wir hielten den Brief zurück."

Er:
„Die Anordnung Jack's wurde befolgt?"

Abberline:
„Kam uns nicht in den Sinn. Zu diesem Zeitpunkt nannte ihn auch noch niemand so. Wir hielten den Brief für eine Fälschung."

Er:
„Es sollte sich mit dem nächsten Mord ändern."

Abberline, resignierend nickend:
„Der Mörder hatte zweifellos versucht, dem Opfer die Ohren abzuschneiden. Eines fiel bei der Obduktion ab."

Er:
„Das machte aus einem geschmacklosen Scherz eine heiße Spur; und hat ihm dabei den selbstgewählten Namen geben."

Abberline, nickend:
„Seit diesem Brief jagten wir Jack the Ripper."

Er:
„Drei Wochen nach dem Mord an Annie Chapman erfolgte ein weiterer – oder besser gesagt zwei. In dieser Nacht hat Jack zwei Frauen abgeschlachtet."

Abberline:
„Am Morgen nach dem Doppelmord ging ein erneutes Schreiben bei der Central News Agency ein. Diesmal war es eine Postkarte, mit Blut verschmiert und wiederum mit roter Tinte geschrieben:

Saucy Jack

Ich habe keine Witze gemacht lieber alter Boss, als ich ihnen den Hinweis gab. Sie werden morgen von 'Saucy Jacky's' Arbeit hören. Dieses Mal Doppelereignis. Nummer Eins hat etwas gequiekt. Konnte nicht richtig fertig werden. Hatte keine Zeit, die Ohren für die Polizei zu besorgen. Vielen Dank, dass sie den letzten Brief zurückgehalten haben, bis ich wieder an die Arbeit gehen konnte.

Jack the Ripper,,

Er:
„Hätte sich ein Unbeteiligter die erwähnten Details aus den Zeitungen besorgen können?"

Abberline:
„Das ist nicht gänzlich ausgeschlossen. Aber wenn man alle Fakten zusammenbringt ..."

Er:
„... war es tatsächlich ein Schreiben des Täters."

Abberline:
„Ja, und er begann mit uns zu spielen. In aller Öffentlichkeit. Neben den Morden in den Hinterhöfen und den zur Schau gestellten Leichnamen hatte er nun eine weitere Bühne gefunden.
Wir veröffentlichen ..."

Abberline schweigt, starrt Ihn an. Nach einer Pause fährt er fort:
„Wir veröffentlichen Faksimile der Schreiben in der Hoffnung, jemand würde die Handschrift erkennen."

Er:
„Doch auch das führte zu nichts?"

Abberline:
„Wir weckten stattdessen einen anderen Wahn. Es schien, als ob wir dem Mörder dabei halfen, dass sein dunkler Geist sich ausbreiten konnte. Er nahm Besitz von seinem Umfeld. Whitechapel versank in sensationslüsternder Gier."

Er, Abberline Zeit gebend sich wieder zu sammeln.
„Wie viele wurden es insgesamt?"

Abberline:

„Zeitweise waren es mehr als hundert – pro Woche."

Er:

„Einhundert Briefe?"

Abberline:

„Briefe, Postkarten, Bekennerschreiben, Manifeste. Wir mussten feststellen, dass es sich fast ausschließlich um groteske Prahlereien handelte; eine Verhöhnung der Polizei oder ein krankes Verlangen, sich in die Nähe des Rippers und seiner erlangten Popularität zu begeben; oft auch beides zugleich."

Er:

„Vielleicht entsprang es einem Gefühl der Ohnmacht, das man gegenüber dem Ripper empfand?"

Abberline:

„Ein Großteil der Schreiben wurde nie veröffentlicht. Auch nicht auszugsweise. Daher könnt Ihr den Inhalt nicht kennen. Ich habe sie gelesen – alle. Darin spiegelte sich kein Gefühl von Ohnmacht. Vielmehr die Formulierung einer ungehemmten Wut."

Er:
„Wut?"

Abberline:

„Die Lebensverhältnisse im East End waren unerträglich. Das Vereinigte Königreich war die unumstrittene globale Großmacht, London die Welthauptstadt. Nirgends gab es mehr Reichtum, mehr Luxus, mehr Errungenschaften der Moderne. Gleichzeitig wucherte im Herzen von London der Slum, zu Fuß gerade eine halbe Stunde von St. Pauls Cathedral und nicht einmal zwanzig Minuten von der Bank of England entfernt."

Abberline, direkt an das Publikum gerichtet:
„Haben sie eine Vorstellung, wie das Leben in Whitechapel ausgesehen hat?
Das Viertel war vollkommen überbevölkert. Die Hoffnung auf ein besseres Leben hatte sie zu Zehntausenden angezogen: Iren, Deutsche, Franzosen, Polen, Russen. Ganze Familien drängten sich in winzigen Wohnungen, die oft nur aus einem Raum bestanden. Es gab kein fließendes Wasser. Die öffentlichen Tränken teilte man sich mit dem Vieh. Für die Notdurft standen Gemeinschaftstoiletten in den Hinterhöfen zur Verfügung. Doch diese waren derart verschmutzt, dass viele es vorzogen, den Nachttopf einfach auf der Straße zu entleeren.

Denken Sie an London im Sommer. Das Wetter ist angenehm warm, die Sonne scheint, Menschen sind überall auf den Straßen. Ich bin mir sicher, Sie können sich den Geruch nicht vorstellen. Sie riechen nicht den Gestank, der sich aus dem Schweiß, den Ausdünstungen, den Fäkalien von 70.000 Menschen formt; Menschen, die auf einem Gebiet von nicht einmal eineinhalb Quadratkilometern zusammengepfercht sind.
Im Winter legte sich der Rauch aus tausenden Öfen,

betrieben mit Holz oder irgendeinem Abfall, auf die Lungen der Einwohner. Der Qualm konnte oft tagelang nicht abziehen. Erkrankungen der Lunge und der Atemwege waren eine häufige Todesursache. Auch Tuberkulose …"

Abberline versagt die Stimme, sein Blick geht ins Leere. Für einen Moment steht die Zeit still. Dann fährt er fort:
„Es gab sehr wohl Stimmen, die auf die katastrophalen Umstände hinwiesen. Doch es waren einzelne, sie waren leicht zu überhören oder schnell als sozialistische Spinner abgetan.
Sagt Euch der Name Andrew Mearns etwas?"

Er:
„Nein."

Abberline:
„Er war Reverend der Orange Street Congregational Church, wollte die Dinge nicht einfach hinnehmen wie sie waren. Er veröffentlichte Untersuchungen zu den Lebensumständen in Whitechapel:

Jedes Zimmer in diesen verrotteten und stinkenden Häusern beherbergt eine Familie, oft zwei. Wo es Betten gibt, sind es einfach Haufen von schmutzigen Lumpen über Spänen oder Stroh, aber zum größten Teil finden diese Menschen nur auf den schmutzigen Brettern Ruhe. Die Mieterin dieses Raumes ist eine Witwe, die selbst das einzige Bett belegt und den Boden für zwei Schilling einem Ehepaar lässt. In einem Keller fand sich ein Vater, eine Mutter, drei Kinder und vier Schweine. In einem anderen Raum lebte ein an Pocken erkrankter Mann mit seiner Frau, die sich gerade von ihrer achten Entbindung erholte, dazwischen Kinder halb nackt und mit Schmutz bedeckt. Hier leben sieben Menschen in einer unterirdischen Küche und ein kleines totes Kind im selben Raum. Eine weitere Wohnung enthält Vater, Mutter und sechs Kinder, von denen zwei an Scharlach erkrankt sind. Hier ist eine Mutter, die am frühen Abend ihre Kinder auf die Straße schickt, weil sie ihr Zimmer für unmoralische Zwecke bis weit nach Mitternacht zur Verfügung stellt. Erst dann können die Kleinen zurückkehren, sofern sie nicht für sich selbst eine notdürftige Unterkunft gefunden haben. Andernorts eine Witwe, ihre drei Kinder, und ein Kind, das bereits seit dreizehn Tagen tot war. Ihr Mann, ein Fuhrmann, hatte kurz zuvor Selbstmord begangen."

Das war das wahre, das tägliche Grauen im East End. Die Bewohner nahmen es hin, ertrugen es stumm. Manche mit stoischem Fatalismus, andere brachten weniger Schicksalsergebenheit auf. Die Selbstmordrate lag hoch; für viele der einzige Weg, dieser Hölle zu entrinnen.

Das Establishment, das Faktum der Realität, war so übermächtig, dass jede Form des Aufbegehrens aussichtslos erschien.

Doch darüber setzte sich Jack hinweg. Seine Morde trugen die unverhohlene Handschrift, dass er sich des Strang sicher sein musste – wenn man ihn den fasste. Es kümmerte ihn nicht. Stattdessen führte er der Obrigkeit ihre Unfähigkeit vor, seiner habhaft zu werden. Mit einem Mal waren die Verhältnisse nicht mehr unerschütterlich, die Bewohner der noblen Viertel Chelsea, Kensington, und Notting Hill nicht mehr unerreichbar. Ich sage nicht, dass die Menschen die Werke des Ripper guthießen. Aber sie zeigten ihnen, dass man selbst im Elend Aufmerksamkeit erringen konnte. Er gab ihnen eine verzweifelte Hoffnung, dass sich etwas ändern … musste.

Es formte sich eine Bürgerwehr. Die Dinge wurden in die eigene Hand genommen. George Lusk, ein einfacher Geschäftsmann aus Whitechapel, wurde zum Vorsitzenden gewählt. Ich hatte keinen Anlass, an den Motiven von Lusk zu zweifeln, wenngleich ich sein Vorgehen nicht billigen konnte.

Wie leicht hätte sich an der zivilen Jagd nach Jack die Flamme der Rebellion entzünden können; genährt von dem himmelschreienden Elend im East End."

Er:
„Ihr glaubt, dass dies alles der Ripper bezweckt hat?"

Abberline:
„Nein. Ich denke dem Ripper ging es um etwas anderes, persönlicheres; und dass er von dem Bekanntheitsgrad, den sein Name errungen hat, selbst über-

rascht war. Doch er genoss ihn, begann ihn bewusst zu verwenden."

Er:
„Auf zunehmend perverse Art."

Abberline, zustimmend:
„From Hell – sein Päckchen an George Lusk. Der Titel war leider in so vielerlei Hinsicht wahr:

Aus der Hölle

Mr. Lusk,
Mein Herr

Ich schicke Ihnen die halbe Niere die ich aus einer Frau genommen und für sie konserviert habe. Das andere Stück habe ich gebraten und gegessen es war sehr gut. Vielleicht schicke ich Ihnen das blutige Messer mit dem ich sie herausnahm wenn sie nur noch etwas warten.

gezeichnet
Fangen sie mich wenn sie können, Mister Lusk"

In dem Päckchen befand sich die Hälfte einer menschlichen Niere; wahrscheinlich die, die er Catherine Eddowes herausgeschnitten hatte."

Szene 6

„Ich bin schon sehr lange im Dienst, aber einen solchen Anblick habe ich noch nicht gesehen."

Constable Watkins über das Auffinden der Leiche von Catherine Eddowes am 30. September 1888

Er:
„Kommen wir zu Elizabeth Stride und dem Double Event."

Abberline:
„Wollt Ihr sie so schnell zu Jack's Opfern zählen?"

Er:
„Sie ist eine der kanonischen – der anerkannten – Fünf."

Abberline:
„Habt den Mut alles in Frage zu stellen – eure Worte. Mir ist der Widerhall des Doppelmordes in den Zeitungen noch heute ein Gräuel ..."

Er, süffisant:
"... als hätte Jack der Masse nur gegeben, was sie gleichermaßen abstieß wie faszinierte."

Abberline, maßregelnd:
"... ebenso wie mich Euer Tonfall abstößt, wenn Ihr vom Double Event sprecht. Auch Ihr verspürt diese Faszination!"

Er:
„Ich will es nicht leugnen.

Doch konzentrieren wir uns auf die Fakten. Es ist die Nacht vom 30. September auf den 1. Oktober 1888. Der Ort ist die Berner Street, südlich der Commercial Road. Mitternacht war gerade eine Stunde vorüber. Louis Diemshutz, ein russischer Jude, der seinen Lebensunterhalt mit dem Handel von billigem Schmuck bestritt, lenkte seinen einfachen Pferdekarren durch den Torbogen zwischen den Hausnummern 40 und 42. Der nicht ausgeleuchtete Durchgang führte nach wenigen Metern in den Dutfield's Yard, einen kleinen Hinterhof der angrenzenden Gebäude: Die Werkstatt eines Sackmachers, ein nicht benutzter Stall, mehrere einfache Wohnungen sowie die Rückseite des Clubhauses des Arbeter Fraint. Dieser war ein Zusammenschluss radikaler osteuropäischer Sozialisten, die sich nicht damit abfinden wollten, die Ausbeutung auf den Äckern ihrer Heimat gegen die industrielle des Vereinigten Königreichs getauscht zu haben.

Plötzlich scheute das Pony und zog nach links. Diemshutz stoppte und erkannte auf dem Boden einen Haufen, den er als weggeworfene Kleidungsstücke oder sonstigen Kehricht ansah. Er stocherte mit dem Ende seiner Peitsche darin herum. Ein entzündetes Streichholz ließ der Windzug im Durchgang rasch erlöschen. Doch das schwache, flackernde Licht hatte genügt um Diemshutz zu zeigen, dass der vermeintliche Haufen Abfall der leblose Körper einer Frau war. Entsetzen ergriff ihn, und er lief umgehend zum Hintereingang des Arbeter Fraint.

Als er kurze Zeit später mit zwei anderen Männern in den Hof zurückkehrte, fanden sie den Leichnam einer Frau mit durchtrennter Kehle. Eine Blutlache hatte begonnen, sich unter ihr auszubreiten."

Abberline:
„Ihr wisst sehr viel über den Tatort."

Er:
„Es stand alles in den Zeitungen."

Abberline:
„Keinerlei Verstümmelungen. Nicht einmal die Röcke waren hochgeschoben."

Er:
„Er war gestört worden."

Abberline, zurückhaltend:
„Das Wenige was wir bis jetzt von Jack wissen ist, dass er sehr schnell war. Wie klein muss das Zeitfenster gewesen sein, dass er zwar den tödlichen Schnitt ansetzte, sein Opfer aber ansonsten unversehrt ließ? In einem Moment fühlte er sich noch sicher, im nächsten Augenblick scheute Diemshutz' Pony in der Durchfahrt und jagte ihn in die Flucht? Dabei musste der

Karren auf dem Kopfsteinpflaster schon von Weitem zu hören gewesen sein."

Er:
„Vielleicht dachte Jack, er würde vorbei fahren?"

Abberline:
„Alles war durchtränkt von den Taten Jack's. Die Zeitungen erkannten in allem und jedem eine Spur des Rippers. Die Bevölkerung sog jede noch so abstruse Mutmaßung gierig auf. Natürlich musste in dieser Logik eine Frau mit durchtrennter Kehle ein Werk von Jack sein."

Er:
„Ihr seht das anders?"

Abberline:
„Israel Schwartz, ein Jude, dessen Heimweg ihn an jenem Abend durch die Berner Street führte, beobachtete einen Streit zwischen einer Frau und einem Mann, direkt vor dem Zugang zu Dutfield's Yard. Der Mann wollte die Frau in den Durchgang zerren. Sie wehrte sich, ging in dem Gerangel zu Boden. Eben diese Frau erkannte Schwartz am nächsten Morgen in dem Leichnam von Elizabeth Stride."

Er, neugierig geworden.
„Dann hattet Ihr von Schwartz auch eine Beschreibung des Mannes? Ihr hattet eine Beschreibung von Jack?"

Abberline, abwinkend.
„Ungefähr dreißig Jahre alt, etwas untersetzt, gepflegte Erscheinung, brauner Schnurrbart. Er trug dunkle Kleider und einen Filzhut. Nein – wir hatten eine Beschreibung, die auf tausende Londoner zutraf.
Vielleicht war es der Ripper. Es könnte aber ebenso gut ein gewöhnlicher Streit zwischen einer Prostituierten und einem ihrer Freier gewesen sein. Ein Streit der eskalierte und zum Tod der Frau führte. Es ist vorher passiert, es geschah auch nach Jack's Morden.
Darüber hinaus ..."

Er:
„Ja?"

Abberline:
„An Elizabeth Stride war vieles falsch.
Ihr Spitzname war Long Liz, dabei war sie kaum größer als 1,60 m. Bei ihrem Tod war sie 45 Jahre alt, wurde aber häufig auf Mitte Dreißig geschätzt, gab dies auch selbst oft an ..."

Er.
„Ihr wollt aus der Eitelkeit einer Frau eine Schlussfolgerung auf die Täterschaft von Jack ziehen? Auch Frauen, die sich nicht in der Gosse verkaufen, sind anfällig, bezüglich ihres Alters zu lügen, Abberline."

Abberline:
„Sie hatte angeben, ihren Mann und zwei ihrer Kinder bei einem Schiffsunglück verloren zu haben. Es war

der Untergang der Princess Alice auf der Themse 1865. Erst Jahre später konnte man sie der Falschaussage überführen. Wahrscheinlich war es darum gegangen, Entschädigungszahlungen zu erschleichen."

Er:
„Verzeiht Abberline – wir sprechen von einer Straßendirne aus Whitechapel. Diese Kreaturen wussten früh morgens nicht, wo sie am Abend schlafen sollten. Es erstaunt Euch, dass keine Gelegenheit ausgelassen wurde irgendwie an Geld zu kommen? Selbst wenn die Geschichte etwas makaber sein mag?
Aber ich erkenne Euren Gedanken: Liz Stride auch noch fälschlicherweise für ein Opfer des Rippers zu halten wäre ein zynischer Höhepunkt der angehäuften Lebenslügen, nicht wahr?"

Abberline wirkt hilflos, scheint den eigenen Gedanken zu misstrauen.
Er, etwas schmunzelnd:
„Eine so ausgeprägte romantische Ader hätte ich Euch gar nicht zugetraut.
Andererseits … habt Ihr Euch ja auch der Täuschung hingegeben, dass George Godley, Euer ebenso treuer wie glückloser Sergeant mit Kłosowski doch noch Jack gefasst hätte."

Abberline, etwas zu barsch:
„Lassen wir das!
Es spielt keine Rolle, ob wir Elizabeth Stride zu seinen Opfern zählen oder nicht. Wir können aus diesem

Mord nichts Neues über ihn in Erfahrung bringen."

Er:
„Seid Ihr damit nicht zu schnell? Der Abend war noch nicht vorüber."

Abberline:
„Ihr sprecht von Catherine Eddowes?"

Er:
„Ja, ich spreche vom Mitre Square. Diesmal gab es keinen Zweifel an Jack's Täterschaft. Das Opfer, die Umgebung, der Schnitt durch die Kehle und die Verstümmelungen – exzessiver denn je zuvor.

Wie weit ist es von der Berner Street zum Mitre Square?"

Abberline:
„Ihr meint, wenn wir den Weg kennen, müssten wir in der Lage sein, weitere Zeugen zu finden; jemanden, der in der Lage ist, uns eine Beschreibung über Jack zu liefern? Eine, die über die wenig konkrete Beobachtung von Israel Schwartz hinausgeht."

Er, nickend:
„Lasst uns den Weg gehen Abberline!

Diemshutz fährt gerade in die Toreinfahrt. Jack muss von Long Liz ablassen und versteckt sich im Hof. Während Diemshutz erschrocken ins Clubhaus läuft, entweicht Jack durch den Durchgang auf die Berner Street. Es muss so gewesen sein, da der Yard keinen anderen Ausgang besaß.

Wohin wendet sich Jack – nach Norden oder nach Süden?"

Abberline:
„Im Norden liegt die Commercial Road. Selbst um diese Uhrzeit ist sie belebt. Geht es Jack darum, Menschen und damit eine mögliche Entdeckung zu meiden, so geht er nach Süden."

Er:
„Ja, nach Süden. Also ich bin jetzt Jack. Ich kreuze die North Street und treffe kurz darauf auf die ebenfalls in West–Ost Richtung verlaufende Ellen Street. Nun muss ich mich erneut entscheiden. Wohin gehe ich, Abberline?"

Abberline, mürrisch:
„Woher soll ich das wissen?"

Er:
„Ich wende mich nach Westen, biege dann in der Church Street wieder nach Süden ab, unterquere den London & Blackwell Railway und erreiche die Cable Street. Hier wende ich mich nach Westen."

Abberline:
„Wenn Ihr es zu wissen meint ..."

Er:
„Nun folge ich der Cable Street bis ... bis zur Minories

Street. Wir gehen davon aus, dass der Ripper in Whitechapel zu Hause ist. Ich befinde mich nun ein gutes Stück südlich davon, außerhalb des Gebietes, in dem alle anderen Morde stattgefunden haben.

Ich muss zurück.

In der Minories Street biege ich wieder nach Norden ab."

Abberline:
„Das hätte er ebenso in der Leman Street tun können."

Er:
„Ja, aber es hätte mich wieder in die Nähe der Commercial Street und damit auch der Berner Street gebracht. In der Minories Street war ich ein gutes Stück vom Tatort entfernt und konnte ohne großes Risiko den Rückweg nach Whitechapel antreten.

Die Minories Street mündet in die Aldgate High Street. An einer Stelle ..."

Er schweigt. Nach einem kurzen Moment fährt Abberline fort:
"An einer Stelle, die gerade 50 Meter von der Mitre Street entfernt ist. Den Ort, an dem Jack Catherine Eddowes töten sollte."

Er:
„Ihr kennt den Weg, Abberline, dessen bin ich mir sicher. Seid Ihr in selbst abgegangen? Wie oft? Während der Nacht? Habt Ihr herausgefunden, welche Aufmerksamkeit einem einzelnen Passanten in den

nächtlichen Gassen gezollt wurde?"

Abberline, enttäuscht, beinahe wütend.:
„Mehr als einmal und immer vergebens. Selbst nach den Morden fand ein einsamer Fußgänger keine Beachtung. Ich konnte keinen einzigen Zeugen finden, der auch nur eine vage Beschreibung des Rippers hätte geben können."

Er:
„Wann wurde Catherine Eddowes zum letzten Mal lebend gesehen?"

Abberline:
„Gegen 1:30 Uhr. Nach Zeugenaussagen war sie vermutlich auf der Suche nach Kundschaft. Viertel vor zwei hat man dann das gefunden, was der Ripper ihrem Körper angetan hat."

Er.
„Es war kurz nach 1:00 Uhr, als Diemshutz in den Dutfield's Yard einbog. Da Ihr diese Strecke selbst schon zurückgelegt habt, Abberline: Wie lange dauert der Weg über die Cable Street zum Mitre Square, wenn man zwar zügig geht, aber nicht läuft?"

Abberline:
„Der von Euch beschriebene Weg ist reine Spekulation!"

Er, nicht nachgebend:
„Ja, vielleicht. Wie lange?"

Abberline, zögernd:
„Es ist etwa eine Meile. Zwanzig, vielleicht 25 Minuten ..."

Er, triumphierend:
„Ihr werdet mir nicht erklären wollen, dass dies ein Zufall ist."

Er tritt ab. Abberline, ihm nachrufend:
„Ihr habt Euch den Weg zurechtgelegt. Er hätte auch jeden anderen genommen haben können!"

Jack, aus einem Schatten tretend:
„Was ich aber nicht habe ...

Der Jude auf seinem Karren hätte mich um ein Haar erwischt. Er hätte nur das Tor schließen und um Hilfe rufen müssen ... und es wäre aus mit Jack gewesen.
Doch was hat der Narr getan? Ist beim Anblick der toten Schlampe davongelaufen. So konnte ich entkommen, musste flüchten bevor es überhaupt begonnen hatte. Ich gebe zu, Inspector Abberline, dass ich Angst hatte; Angst, dass mich der Mob an Ort und Stelle zerfetzen würde. Vielleicht ein passendes Ende für den Ripper. Aber noch war ich dazu nicht bereit. Noch war ich überzeugt, die Kontrolle zu besitzen. So ging ich nach Süden, weg vom Dutfield's Yard, weg von Menschen die mich, wie unwahrscheinlich auch immer, er-

kennen konnten. Je weiter ich ging um so ruhiger wurde ich. Ich hatte es im Griff! Sie würden Jack nicht ergreifen und öffentlich zur Schau stellen. Das Phantom verlor sich erneut im Dunkel der Gassen des East End.

Verfluchter Jude! Eine Hure in einem Hinterhof mit durchschnittener Kehle! Wen sollte das mit Schrecken erfüllen? Womöglich fand es nicht einmal Erwähnung in den Zeitungen. So etwas geschah beinahe täglich; das bedurfte keines Jack the Rippers. Mit dieser Gefahr lebten die Dirnen ab dem Zeitpunkt, wo sie für jeden ihre Beine öffneten. Jacks Botschaft sollte jedoch eine andere sein.

Als ich in die Aldgate High einbog, war die Angst gewichen und hatte etwas anderem Platz gemacht: Wut. So friedlich sollte Whitechapel diese Nacht nicht in Erinnerung behalten!

Ich kann mich kaum erinnern, wie die Hure aussah, bevor sie mir begegnete. Es gab Zeichnungen von ihr in den Zeitungen. Vielleicht war sie das. Es spielte keine Rolle. Eine Straßendirne, alt, verdorben, dem Alkohol verfallen. Eine Existenz, die nur darauf wartete ihr Ende dort zu finden, wo sie es fristete. Mein Wirken an ihr das einzige Außergewöhnliche an dem bedeutungsleeren Leben.

Hat sie mich umgarnt? Mir ein falsches vom Gin beseeltes Lächeln zugeworfen, um mir Börse und Hose zu öffnen? Vielleicht ... wahrscheinlich.

Meine Gedanken waren woanders. Nicht wieder in

eine Falle wie Dutfield's Yard laufen. Auch die Hanbury Street war kaum besser gewesen.

Mitre Square – ja! Auch ein Hinterhof und des Nachts verlassen, aber er hatte mehrere Zugänge. Drohte Gefahr, war eine Flucht leicht möglich. Er lag in unmittelbarer Nähe. Vielleicht hatte sogar die Hure selbst den Ort vorgeschlagen.

Der Schnitt durch die Kehle, für einen kurzen Moment der erstaunte Blick, der sich in Schrecken wandelte, bevor das Leben in ihren Augen erlosch. Sie ging zu Boden, ich wich dem Blutstrom aus. Dann war ich zwischen ihren Schenkeln, hob ihre Röcke und doch war es so ganz anders, als sie es erwartet hatte. Ich öffnete ihren Unterleib, die ganze Verderbtheit offenbarte sich mir. Dabei war es nicht anders als bei einem toten Tier. Die Tat so einfach und doch das Entsetzen darüber so gewaltig.

Ich war gründlicher als je zuvor, spürte eine tiefe Befriedigung ob meiner Arbeit. Die Herrschaft Jack's war ungebrochen. Aber dann traf mich ihr Blick. Sie hatte mich nicht anzusehen. Sie war die Schuldige, es war einzig ihr Vergehen. Was gab ihr das Recht mich mit einem Vorwurf zu strafen? Das Messer fand den Weg in ihr Gesicht, zerschnitt es. Nein – ich war nicht bereit etwas Menschliches darin zu sehen. Unter mir lag eine verfaulte Dirne. Ich gestand ihr keine Macht über mich zu.

Ich kann mich nicht mehr erinnern, wie die Hure aussah, bevor sie mir begegnete. Aber ich werde den Anblick nie vergessen, als ich mit ihr fertig war."

Jack ab. Abberline alleine auf der Bühne, bis Er wieder auftritt. Er:
„Constable Watkins war der Officer, der Eddowes gefunden hat?"

Abberline, mit ruhiger Stimme aber immer noch abwesend wirkend:
„Ja. Er kam auf seinem routinemäßigen Rundgang durch den Mitre Square.

Catherine Eddowes Leiche befand sich in der südlichen Ecke des etwas 25 Quadratmeter großen Hofs. Sie lag auf dem Rücken. Beide Arme ruhten neben ihrem Körper, die Handflächen zeigten nach oben. Das linke Beine war ausgestreckt, das rechte angewinkelt. Die Schenkel und der gesamte Unterleib waren entblößt. Es gab keine Hinweise auf einen der Tat vorangegangenen Geschlechtsverkehr, keine Spuren von Sperma.

Jack hatte mit einem schräg verlaufenden Schnitt vom Schamhaaransatz bis zum Brustbein Catherine Eddowes Unterleib geöffnet. Er hatte die Eingeweide aus ihr herausgezerrt und über der rechten Schulter drapiert. Teile des Uterus und die rechte Niere waren entfernt worden – er muss sie mitgenommen haben."

Abberline, sich an das Publikum wendend:
„Ist es wirklich das, was Sie hören wollen?"

Er, ein zaghafter Versuch zu intervenieren:
„Abberline, ich denke nicht ..:"

Abberline:
„Seien sie still!"

Abberline, immer noch an das Publikum gerichtet:
„Was tun wir hier eigentlich? Wessen Begierde befriedigen wir?

Würde Sie ein Bericht über das Elend in Whitechapel ebenso … faszinieren, wenn es Jack nicht gegeben hätte?

Oder Berichte über die Slums in Ihrer Zeit? Das, was ich von der Welt gelernt habe, gibt mir die Überzeugung, dass sie nicht verschwunden sein werden. Findet das auch Ihr Interesse? … Ihre Aufmerksamkeit? … tun Sie etwas dagegen? Oder schauen Sie weg? Suchen Sie ein Amüsement, das gefälliger, geschmeidiger unterhält? Ein 100 Jahre zurückliegender Kriminalfall vielleicht ..."

Er:
„130 Jahre …."

Abberline, immer noch an das Publikum gerichtet:
„Eines kann ich Ihnen mit Sicherheit sagen: Jack ist tot. Ganz gleich wer er gewesen sein mag. Sein Leichnam ist mittlerweile ebenso verrottet wie die seiner Opfer."

Er:
„... und seine Seele ist dem ewigen Feuer überstellt?"

Abberline:
„Seine Opfer, diese Frauen ...
Er ..."

Abberline, auf Ihn deutend:
„... spricht immer von Huren oder Dirnen.

Aber auch sie kamen aus Familien, hatten Ehemänner und Kinder. Sie waren dem Alkohol verfallen, ja. Ihre Sucht ließ alles zerstören. Es war das Schicksal von Hunderten von Frauen.

Zynisch könnte man sagen, Jack habe sie von einer elenden Existenz befreit. Fünf von ihnen – oder vier – oder sechs. Auch diese Frage ist zynisch. Was ist mit den anderen, die verhungerten oder im Winter erfroren? Was ist mit denen, die die Syphilis in den Wahnsinn getrieben hat. Bedarf es wirklich eines Jack the Rippers sich dieser ... Menschen zu erinnern?

Sie da, Sie in der dritten Reihe:

Können Sie sich vorstellen im East End gelebt zu haben? Irgendwie erinnern Sie mich an jemanden.

Denken Sie an ihre Kindheit dort. Was wäre Ihre Perspektive gewesen? Ein Hilfsarbeiter in den Docks oder ein Fuhrmann, ein Fischausträger? An eine Ausbildung ist nicht zu denken. Diese setzt den Besuch einer Schule voraus. Das kostet zwar nur ein paar Pennies, doch wenn die Eltern ohnehin nichts haben?

Außerdem mussten Sie von klein auf mithelfen, das tägliche Überleben der Familie zu sichern. Da bleibt keine Gelegenheit, Zeit in der Schule zu vertun.

Und Sie, gnädige Frau? Wie würden Sie Ihr Leben in Whitechapel gestaltet haben? Ist es bei Jungs schon schwierig, für Mädchen verbietet es sich viel Geld in Bildung zu investieren. Das, was Sie wissen müssen, lernen Sie ohnehin von niemandem besser als von Ihrer Mutter: Den Haushalt zu führen, Essen zu kochen, die Kleidung sauber zu halten. Das andere, nun ja – das bekommt man ohnehin mit, wenn man zusammen in einem Raum schläft. Hoffentlich gelingt es, Sie rechtzeitig zu verheiraten. Die Zuneigung zu Ihrem Gatten spielt dabei keine Rolle. Er muss Sie vor allem ernähren können und den Eltern von der Tasche nehmen. Es kommt ohnehin jedes Jahr ein neues Balg hinzu.

Dagegen aufbegehren, ein eigenes Leben einfordern? Ohne Ausbildung – vielleicht als Putzfrau oder Wäscherin, oder mit dem Kleben von Streichholzschachteln …

Da verliert der Weg auf die Straße rasch einen Teil seines Ekels und seiner Gefahr, nicht wahr?

Alleine in Whitechapel ging man von über eintausend Prostituierten aus, wir wussten von mehr als sechzig Bordellen. Die Kundschaft indes bestand aus den Bewohnern aller Londoner Viertel.

London stank, und das nicht nur im Auswurf von Whitechapel. Aber die Morde erlaubten kein Wegschauen mehr – weil man mit einem Mal fasziniert war. Fasziniert von dem Schmutz und dem Elend, von den Abgründen, die Jack aufzeigte.

Auch deswegen sind Sie hier, oder?

Abgründe, die einem selbst vielleicht gar nicht mehr so fremd erscheinen. Dieses samtene Gefühl des Grauens. Lässt es die eigenen kleinen Perversionen relativieren, … rechtfertigen?

Sie haben alle die feste Gewissheit, in Ihr Zuhause zurückzukehren, in dessen Schutz eine sichere, eine gute Nacht zu verbringen. Da besitzt ein kurzer Ausflug in das Elend, ein kleiner Hauch von Entsetzen seinen eigenen Reiz.

Sie wollen wirklich wissen, wer der Ripper war? Würde seine Enttarnung Ihre persönliche Gier nicht furchtbar enttäuschen?"

Er:
„Ihr meint die Ergreifung des Rippers wäre gar nicht mehr die vordringlichste Aufgabe gewesen?

Ist das eine Erklärung für das letzte Ereignis jener Nacht?"

Abberline, aus seinen Gedanken hochfahrend, den Blick auf Ihn gerichtet:
„Goulston Street?"

Er nickt.
Abberline, sich wieder auf den Fall konzentrierend:
„Im Hauseingang Nr. 108–119 der Goulston Street wurde in jener Nacht ein blutverschmiertes Stück

Stoff gefunden. Es gehörte zur Schürze von Catherine Eddowes. Der Täter hat es vermutlich mitgenommen, um sich damit die Hände zu reinigen."

Er, drängend:
„Und?"

Abberline, zögerlich nachgebend:
„In diesem Hauseingang, direkt bei der Schürze, fand sich ein mit Kreide geschriebenes Graffiti:
Die Juden sind diejenigen, die man nicht schuldlos anklagen wird."

Er:
„Oder hieß es vielmehr:
Die Juden sind nicht diejenigen, die man ohne Schuld anklagen wird."

Abberline, etwas unwirsch:
„Euch ist offensichtlich bekannt, dass der genaue Wortlaut ... verloren ging."

Er:
„Das Graffiti wurde entfernt. Es ging nicht verloren! Commissioner Warren höchstpersönlich hatte dies angeordnet. Wohl um zu verhindern, dass die antisemitische Botschaft unter der Bevölkerung Raum gewinnen konnte.

Die Angst vor der aufgeheizten Stimmung im East End war größer als die Notwendigkeit, eine womöglich einzigartige Spur zu sichern! Man fand es nicht einmal für erforderlich, eine photographische Aufnahme der Schrift anzufertigen?"

Abberline:
„Diese war bereits veranlasst. Aber irgendwie überschlugen sich die Ereignisse. Mit der Anordnung des Commissioners im Nacken war ein junger Officer etwas voreilig.

Hmm – Godley hätte ihn um ein Haar verprügelt."

Er:
„Ich nehme Euch diese Gelassenheit nicht ab."

Abberline, ärgerlich werdend:
„Spielt der exakte Wortlaut wirklich eine Rolle? Wir wissen nicht einmal, ob der Schriftzug überhaupt vom Mörder stammte."

Er, seine Ablehnung nicht verbergend:
„Arbeter Fraint – ein Zusammenschluss von Juden; in ihrem Hinterhof hatte er Long Liz abgestochen, Louis Diemshutz auf seinem Pferdekarren, der Zeuge Schwartz, den Jack gesehen haben muss, er selbst sicher noch unter den Nachwirkungen des Blutrausches stehend - und dann dieses Graffiti neben einem Fetzen von Eddowes' Schürze. Wie viel Jack braucht Ihr noch, um seine Spur anzuerkennen?"

Abberline will etwas sagen, aber nun bedeutet Er ihm zu schweigen. Er, fortfahrend:
„Der vierte Mord – ich will bewusst nur die kanonischen Fünf zählen. Die Polizei tappte im Dunkeln, keine einzige Spur, die eine berechtigte Hoffnung auf eine Ergreifung des Täters nährte. Ein Commissioner, der sich vorrangig um die öffentliche Ordnung sorgte.

Ist es das, was Euch versagen ließ, Abberline? Der ganze mächtige Apparat der Londoner Polizei und des Scotland Yard ... gebt es zu Abberline: Am Ende war Euch die Ergreifung des Hurenmörders egal, solange verhindert werden konnte, dass das gesamte Viertel in Brand geriet."

Abberline :
„Was erlaubt Ihr Euch? Sprecht mir die Kompetenz ab, wenn ihr wollt. Bezichtigt mich des Versagens. Ich lasse Euch aber nicht die Londoner Polizei und die zahllosen Beamten beschmutzen, die Tage und Nächte unterwegs waren, um den Mörder zu fassen."

Er:
„Ich sprach nicht von einfachen Streifenpolizisten ..."

Abberline:
„Ich habe genug von euren Andeutungen! Reicht es noch nicht, dass ich mich all dem erneut aussetze? Was konntet Ihr mir bisher zur Lösung des Falles anbieten?"

Er:
„Was meint Ihr?"

Abberline:
„Ihr sagtet, wir könnten Jack enttarnen."

Er:
„Nein. Ich sagte Ihr wärt dazu in der Lage; wenn Ihr nur endlich die Fakten objektiv betrachten würdet."

Abberline:
„Ihr verhöhnt mich ebenso, wie es Jack tat."

Er:
„Vielleicht ist das bereits die Antwort. Man sieht immer das, was man sehen will. Was seht Ihr, wenn Ihr auf die Morde blickt? Die Taten eines Wahnsinnigen, eine königliche Verschwörung, die Störung einer öffentlichen Ordnung, die es – wie auch immer – zu beseitigen gab, oder ..."

Abberline, sich nur mühsam beruhigend:
„Ich sehe eine Abfolge von Morden, ohne offensichtliches Motiv, ohne augenscheinlichen Zusammenhang."

Er:
„Eine Serie, begangen vom gleichen Täter?"

Abberline zögert. Er wirft schnell ein:
„Lassen wir Liz Stride meinetwegen außer Acht."

Abberline:
„Ja. Ein Täter. Ganz gleich, wie viele in irgendwelchen Schreiben Urheberschaft beanspruchten."

Er:
„Nun gut. Dann sollten auch wir zum Ende kommen: Abschluss und Gipfel seines Wirkens: Der Mord im Miller's Court."

Szene 7

„... ein Veilchen vom Grab meiner Mutter."
Mary Jane Kelly in der Nacht ihres Todes

Abberline ist alleine auf der Bühne:
„Wenn man lange im Polizeidienst gestanden hat, wird man empfänglich für ein seltsames Gefühl der Überlegenheit. Die tägliche Konfrontation mit Elend und Verbrechen zwingt einen, das Leid nicht an sich heran zu lassen. Jeder Officer entwickelt seine eigene Strategie. Manche werden abweisend, scheinbar teilnahmslos. Andere vermeiden es, in ihrer Freizeit über die Erlebnisse im Dienst zu reden. Stattdessen wird die Fassade einer bürgerlichen Normalität gepflegt, die nicht existiert.

Allen gemeinsam ist die Illusion, dass einen nichts mehr erschüttern könne, dass man bereits alles gesehen habe. Auch ich glaubte das von mir. Bis zu jenem Morgen, als ich in den Miller's Court gerufen wurde.

Seitdem habe ich nie mehr behauptet, ich hätte schon alles gesehen.

Godley war vor mir am Tatort. Er war wieder auf die Straße hinausgetreten, stand an eine Backsteinmauer gelehnt. Sein Blick war leer. Es hatte sich ein Bild in seinen Verstand gebrannt; ein Bild, das kein Mensch gezwungen sein sollte zu betrachten. Ich glaubte Tränen in seinen Augen zu erkennen. Er rang um Fassung, wollte keine Schwäche in Anwesenheit der Constables zeigen. Einen Moment schien es, als wolle er mich daran hindern, hinein zu gehen. Doch dann gab er schweigend den Weg frei.

Es war ein winziges Zimmer mit nur einer Tür, die direkt auf die Passage führte, die Miller's Court und Dorset Street verband. Vor einem der beiden Fenster hing etwas, was einmal ein Vorhang gewesen war, vor dem anderen ein alter Mantel. Im Zimmer befanden sich ein Bett, zwei kleine Tischchen, ein Waschtisch, ein kleiner offener Kamin. Die Platzverhältnisse waren so beengt, dass sich die Tür nicht vollständig öffnen ließ. Bei aller Schlichtheit stellte der Raum doch etwas wie Luxus dar, wenn man sich der sonstigen Verhältnisse in Whitechapel vergegenwärtigte.

Und er offenbarte mir einen Blick in den Abgrund der menschlichen Seele."

Abberline an das Publikum gerichtet:

„Ich werde nicht darüber reden. Wenn es Ihre Neugierde war, die Sie hierher geführt hat – ich werde sie an dieser Stelle nicht bedienen.

Die Photographie des Tatorts, auch die Skizzen, wurden nicht für die Veröffentlichung freigegeben. Das Ausmaß der Verstümmelungen – nun irgendwie sickerte es doch durch. Aber selbst die Presse tat sich diesmal schwer, alle Details wiederzugeben. Dafür war Jack über jedes vorstellbare Maß hinausgegangen.

Uns, den Ermittlern der Metropolitan Police und des Yard, blieb wenig Zeit, unser eigenes Entsetzen in den Griff zu bekommen. Wut, Verzweiflung, Angst, der Schrecken der Menschen entlud sich mangels eines gefassten Täters über uns. Wir nahmen es hin. Die Beschuldigungen waren zum Teil grotesk, verletzend – doch wir fühlten uns schuldig. Schuldig dem Teufel nicht bereits früher Einhalt geboten zu haben. Hatten wir etwas übersehen? Wäre es womöglich doch in unserer Macht gewesen, zumindest den Mord an Mary Jane Kelly zu verhindern?"

Er tritt auf:
„Charles Warren trat unter dem Druck der Öffentlichkeit zurück."

Abberline:
„Es war ein Streit mit dem Innenminister vorausgegangen. Warren hatte sich ... ungeschickt verhalten."

Er:
„Ungeschicklichkeit? Auf einer hohen Position wie sie Charles Warren bekleidete? Ich würde eher sagen, er hatte sich in seiner kurzen Amtszeit als Commissioner mehr Feinde zugelegt, als er in der Lage war unter Kontrolle zu halten.

Führte nicht sein Rücktritt auch dazu, dass Macnaghten schließlich den Posten erhielt, den ihm Warren einst verweigert hatte?"

Abberline, nicht einschätzen könnend, was Er mit der letzten Formulierung beabsichtigte:
„Das alles hatte nichts mit den Morden zu tun!"
Warren stand unter Druck – wie wir alle. Der leitende Ermittler aber war ich. In dieser Logik hätte man meinen Kopf fordern müssen, nicht seinen."

Er:
„Vielleicht.
Vielleicht war aber die Entlassung eines Inspector des Scotland Yard – ich meine das nicht persönlich, Abberline – angesichts der Verbrechen von Jack längst nicht mehr ausreichend, um der Entrüstung des Pöbels Einhalt zu gebieten?"

Abberline, nachdenklich aber bestimmt:
„Sir Charles Warrens Rücktritt hatte verschiedene Gründe. Der Misserfolg bei der Aufklärung eines Mordfall ..."

Er:
„ ... einer Serie!"

Abberline, unbeirrt fortfahrend:
„ ... führte nicht alleinig zum Austausch des ranghöchsten Polizeibeamten von London."

Er:
„Eben spracht Ihr noch davon, es hätte gar nichts mit den Morden zu tun gehabt."

Abberline will etwas erwidern, aber schweigt dann.
Er:

„Oder war Warren vielleicht schon zu nahe am Täter?"

Abberline, Ihn verständnislos anstarrend:
„Ist Euch bewusst, was Ihr da behauptet?"

Er:

„Ist es so abwegig? Nehmen wir an, der Mörder kam aus … besseren Kreisen. Ich sage ja nicht einmal, dass er gedeckt wurde, nur eine öffentliche Verurteilung wollte man aus verschiedenen Gründen vermeiden. Man stand kurz vor seiner Verhaftung, natürlich im Geheimen. Ohne noch mehr Aufregung zu verursachen. Der alte Soldat Warren weigerte sich, bei einem solchen Spiel mit zu machen, wollte den Täter öffentlich vorführen. Er führte Gründe wie Ehre oder den Diensteid an … womöglich sogar Gerechtigkeit."

Abberline, aufbrausend:
„Anders als der Inspector des Yard? Der war käuflich?"

Er:
„Verliert nicht die Beherrschung, Abberline. Es ist nur eine Frage. Ich will Euch auch gar nicht der Korruption bezichtigen. Vielleicht habt Ihr nur der Staatsräson gedient? … womöglich ohne dafür bezahlt zu werden?

Er, den wütenden Abberline an einer Antwort hindernd:
„Warren hatte am Vorabend des Mordes an Kelly seinen Rücktritt eingereicht. Mit diesem Mord fand die Serie ihr abruptes Ende. Als Ermittler müsst Ihr diese Überlegung zulassen."

Abberline, sichtlich um Fassung bemüht:
„Warren war sehr unbeliebt bei der Bevölkerung. Die Menschen hatten ihm das blutige Einschreiten der Polizei bei den Demonstrationen am Trafalgar Square im vorangegangenen Jahr nicht verziehen. Der ausbleibende Ermittlungserfolg bei den Whitechapel Morden war vielleicht der letzte Auslöser und ein Zugeständnis an die öffentliche Meinung. Aber …

Nein – Warren wurde nicht abgelöst, weil wir dem Ripper zu nahe gekommen waren. Das Gegenteil war richtig: Wir – ich – hatten keine Ahnung, wen wir jagten."

Eine Pause tritt ein, Abberline und Er weit voneinander entfernt stehend. Keiner ist mehr willens, das Gespräch wieder aufzunehmen. Schließlich fragt Er mit betroffener Stimme:
„Was tatet Ihr dann?"

Abberline:
„Was blieb uns übrig? Polizeiarbeit mit den Methoden, die uns gegeben waren. Im Fall von Mary Jane Kelly versuchten wir den Ablauf ihres letzten Tages zu rekonstruieren.

Wohnung an Wohnung reihte sich im Miller's Court.

Die Menschen kannten sich, Fremde mussten auffallen. Die Trennwände waren so dünn, dass man hören konnte, wenn sich jemand nebenan bewegte...

So geschlagen wir waren, dieser letzte Mord bot uns damit auch eine Chance. Wir mussten nur den einen Zeugen zu finden, der uns sagen konnte, wen Mary zu sich in die Wohnung gelassen hatte ..."

Abberline, eine sachliche, nüchterne Haltung einnehmend, aus Unterlagen vorlesend:
„Zeugenaussage von Mary Ann Cox, Anwohnerin am Miller's Court Nr. 5, aufgenommen am 9. November 1888:

Ich bin verwitwet und eine Gefallene. Die Verstorbene ist mir seit etwa acht Monaten bekannt. Sie wohnte am Miller's Court Nr. 13. Ihr Name war Mary Jane Kelly."

Mary Jane tritt auf. Sie ist am anderen Ende der Bühne, abseits von Abberline und Ihm.
Abberline fortfahrend:

„In der Nacht ihres Todes sah ich sie das letzte Mal kurz vor Mitternacht. Ich ging gegen viertel vor zwölf aus der Commercial Street kommend in die Dorset Street. Vor mir war Mary Jane in Begleitung eines Mannes. Beide gingen in den Miller's Court und wie ich ihnen folgte, sah ich, wie sie Mary Jane's Zimmer betraten. Ich rief ihr eine gute Nacht zu. Sie war sehr betrunken."

Mary Jane, lallend:
„Häh? Ah – Annie. Wünsche dir auch eine gute Nacht. Vielleicht singe ich noch ein bisschen."

Abberline:

„Der Mann war Mitte 30, 1,60m groß, schäbig gekleidet, hatte ein fleckiges Gesicht und einen kupferroten Schnurrbart. In einer Hand hielt er einen Krug Bier.

Danach suchte Mary Ann Cox ihre Wohnung auf, um eine Viertelstunde später wieder auf die Straße zu gehen. Aufgrund der niedrigen Temperaturen kehrte sie gegen 1:00 Uhr erneut zurück, um sich aufzuwärmen. Sie hörte Mary Jane Kelly singen. Es war das Lied 'A violet I plucked from my mothers grave'."

Mary Jane – singend.
Abberline:
„Gegen drei Uhr nachts kam die Zeugin endgültig zurück. Der einsetzende Regen ließ die Hoffnung auf eine späte Kundschaft schwinden. Das Zimmer von Mary Jane lag im Dunkel. Es war nichts mehr zu hören."

Mary Jane schweigt.
Abberline:
„Zeugenaussage von Sarah Lewis, wohnhaft in 24 Great Powells Street. In der Nacht des Mordes suchte sie nach einem Streit mit ihrem Mann das befreundete Ehepaar Keyler, Anwohner in Miller's Court Nr. 2,

auf:

Auf dem Weg dorthin, es war gegen halb drei Uhr, fiel mir ein Mann in der Dorset Street auf, der den Miller's Court beobachtete. Es war, als ob er warten würde, dass jemand heraus kommt. Der Mann war untersetzt, nicht übermäßig groß. Zu seiner Kleidung kann ich keine Angaben machen. Ich denke nicht, dass ich ihn wiedererkennen könnte."

Er:
„Was? Sie wäre nicht in der Lage gewesen ihn zu identifizieren?"

Abberline:
„So ihre Aussage."

Er, aufgebracht, nach der richtigen Formulierung ringend:
„Aber ... es könnte sich dabei um den Ripper gehandelt haben!"

Abberline, sich nicht von der Aufregung beeindrucken lassend:
„Wir wissen wer dieser Mann war. Wir werden später noch auf ihn zurückkommen."

Abberline bittet Ihn mit einer Geste zu schweigen. Abberline fährt fort:
„Mrs. Lewis verbrachte die Nacht in einem Sessel

nahe am Fenster in der Wohnung der Keylers. Nach ihren Angaben konnte sie nicht gut schlafen, döste nur etwas. Sie hörte die Uhr halb vier schlagen und etwa dreißig Minuten später einen einzigen, lauten Schrei ..."

Mary Jane:
„Mord!"

Abberline:
„Sie hatte den Eindruck, dass der Schrei aus der Richtung der Wohnung der Verstorbenen gekommen war. Da aber anschließend nichts mehr zu hören war, maß sie dem Vorfall keine weitere Bedeutung zu.

Um 10:30 Uhr am nächsten Morgen versuchte Thomas Bowyer einen Teil der ausstehenden Miete für Miller's Court Nr. 13 einzutreiben. Der Verwalter der Wohnung, John McCarthy, hatte ihn hierzu beauftragt. Aussage von John McCarthy:

Thomas Bowyer war nach wenigen Minuten aufgebracht zurückgekommen. Er sagte, er hätte an die Tür geklopft aber niemand habe geöffnet. Daraufhin habe er durch das Fenster geblickt, das Bett und das Zimmer seien voller Blut gewesen. Ich ging mit ihm zusammen zum Miller's Court, blickte selbst durch die zerbrochene Scheibe: Blut, Fetzen von Fleisch, auf dem Bett ein entstellter Leichnam, ein freigelegter Oberschenkelknochen ...

Auf die Frage, wie seine Beziehung zur Verstorbenen war:

Sie war eine ruhige, ordentliche Frau, wenn sie nüchtern war. Das änderte sich aber, sobald sie etwas getrunken hatte. Dann konnte sie fluchen wie ein Seemann und fand Worte, dass man sich fragte, woher sie die kannte. Ich erlebte sie in diesem Zustand ein paar Mal nahe der Besinnungslosigkeit. Da wollte man mit ihr nichts mehr zu tun haben.

Die Identifizierung des Leichnams erfolgte durch Joseph Barnett zu. Er hatte bis vor gut einer Woche mit Mary Jane zusammen gelebt. Nun war er im Leichenschauhaus mit dem konfrontiert, was der Ripper seiner ehemaligen Gefährtin angetan hatte.
Ich verhörte ihn am Nachmittag des 9. November."

Er ab, Barnett tritt auf.
Abberline:
„Name und aktuelle Adresse?"

Barnett:
"Joseph Barnett, Sir. Ich wohne in 24 & 25 New Street Bishopsgate."

Abberline:
„Wie lange?"

Barnett:
„Seit Anfang November."

Abberline:
„Und davor?"

Barnett:
„13 Miller's Court, Sir."

Abberline:
„Dort lebten sie zusammen mit der Verstorbenen?"

Barnett:
„Lebte dort mit der ... Verstorbenen, ja Sir."

Abberline:
„Für wie lange?"

Barnett:
„Wie lange? – etwa acht Monate."

Abberline:
„Wann haben sie Mary Jane Kelly kennengelernt?"

Barnett:
„Kennengelernt? Es war im April des vergangenen Jahres. Ich traf sie zufällig auf der Straße, sprach sie an."

Mary Jane, an Abberline und Barnett herantretend:
„An das Wiederholen der Fragen gewöhnt man sich.

Es klingt schwachsinniger als er ist. Ja, es war auf der Straße. Aber ich habe ihn angesprochen, fragte ihn, ob er etwas Spaß suchte."

Abberline:
„Sie waren ..."

Mary Jane, etwas unwirsch:
„... ja, anschaffen."

Barnett:
„Das wusste ich damals nicht!"

Mary Jane:
„Ach hör auf. Natürlich wusstest du es. Warum sonst hätte ich dich d'rüber gelassen? Schließlich hast du auch bezahlt."

Barnett:
„Habe bezahlt ... wollte dir helfen."

Mary Jane, etwas verächtlich:
„Ja, das wolltest du immer. Am nächsten Tag beschlossen wir zusammen zu ziehen."

Abberline:
„So schnell?"

Mary Jane:
„Eine Frau auf der Straße, in Whitechapel, hat nicht viele Optionen, Inspector Abberline. Ich war 24 Jahre

alt, alleine, eine Hure und mein hübsches Gesicht würde nicht mehr lange halten.

Joseph konnte sich benehmen. Er hatte eine Schulausbildung und einen guten Job auf dem Fischmarkt. Seine Macke mit dem Sprechen – irgendwann hörte man es nicht mehr. Er war stets anständig zu mir. Hat mich nie verprügelt."

Barnett:
„Nie geschlagen ..."

Abberline:
„Sie liebten ihn nicht?"

Mary Jane:
„Jetzt sind Sie aber reichlich naiv, Inspector.
Ich war 16, als ich geheiratet habe. Er hieß John, war Arbeiter in einer Kohlemine, sah richtig gut aus. Ihn liebte ich, wie wohl nur ein junges Mädchen lieben kann. Es währte nicht lange. Bei einer Schlagwetterexplosion kam er ums Leben. Ich war noch nicht 18 Jahre alt und bereits Witwe. Da wird man schnell erwachsen und lernt eine andere Bedeutung des Begriffs Liebe kennen."

Barnett:
„Sie zog zu einer Cousine nach Cardiff. Die war daran schuld!"

Mary Jane:
„Schuld? Wer ist daran schuld, dass eine Frau einzig

durch ihren Mann bestimmt wird? Ja, sie brachte mich dazu, meinen Körper zu verkaufen. Sie zeigte mir aber auch, dass ich alleine sehr gut in der Lage war, für mein Überleben zu sorgen. Das fühlte sich nicht schlecht an."

Abberline:
„Sie glauben selbst nicht, was Sie da sagen!"

Mary Jane, abwinkend:
„Wen interessiert's? Lass' die Kerle sich an dir bedienen; egal wie alt oder abstoßend. Der Gestank, der Ekel wenn sie einen anhauchten oder einen Kuss einforderten? … nun der Gestank war überall. Wenn man die Augen schloss, war es meistens rasch vorbei."

Barnett:
„… vorbei … sie wurde krank."

Abberline:
„Geschlechtskrankheiten?"

Mary Jane, ausweichend.
„Vielleicht. Bleibt nicht aus. Aber Joseph meint wohl 'was anderes."

Barnett:
„Sie begann zu trinken. Das was sie tat, war anders nicht zu ertragen."

Mary Jane:
„1884 zog ich nach London. In eines der besten Häuser im West End. Ich war der Star. Haben sie damals nicht von mir gehört, Inspector?"

Abberline:
„West End gehörte nicht zu meinem Revier. Es ist von dort ein weiter Weg nach Whitechapel."

Barnett:
„Weiter Weg ... nicht wenn sie trinken! Betrunkene Huren bekommt man für ein paar Pennies. Dafür muss niemand in ein teures Bordell."

Mary Jane:
„Du weißt gar nichts!

Ich wurde auf Reisen eingeladen, ich war in Paris. Dort nannte man mich Marie Jeanette. Es klang richtig gut."

Barnett:
„Es war nicht gut. Du hast die Reise abgebrochen!"

Abberline:
„Warum?"

Mary Jane, zögerlich:
„Mein 'Gentleman' war nicht wirklich an ... Sie wissen schon ... interessiert. Er hatte andere Bedürfnisse. Nicht einmal eine Hure ist bereit, alles zu tun."

Abberline:

„Das alles änderte sich, als sie mit Barnett zusammen zogen?"

Barnett:

„...änderte sich. Ich hab' sie von der Straße geholt. Hab' ihr ein ehrbares Leben ermöglicht."

Mary Jane:

„Ja, ehrbar. Was immer das sein mag. Wir hatten eine anständige Wohnung, genügend zu Essen. Konnten uns hin und wieder ein neues Kleidungsstück leisten. Man hielt Joseph und mich für respektable Leute. Nicht selten glaubten sie, dass wir ein Ehepaar wären."

Barnett:

„Ehepaar ... Sie konnte das Trinken nicht lassen. Sie blieb der Straße fern, so lange ich bei ihr war. Aber dem Alkohol war sie verfallen. Die Arbeit als Fischausträger war gut. Man brauchte eine Lizenz hierfür, und die erhielt nicht jeder. Ich unterstützte Marie Jeanette so gut es mein Einkommen zuließ, doch sie ... sie..."

Mary Jane:

„Ich ging mit Freunden feiern – na und?"

Barnett:

„Diese Freunde waren Huren. Sie wollten nur, dass auch du dich wieder verkaufst."

Mary Jane:

„Du wolltest mich einsperren in deinem kleinen Traum von schäbiger Bürgerlichkeit. Wach endlich auf, Joseph! Du wirst Whitechapel ebenso wenig jemals verlassen wie ich."

Barnett:

„Sie haben uns aus der Wohnung geworfen wegen deiner Trunkenheit. Nur wegen deinem Fehlverhalten mussten wir in den Miller's Court ziehen."

Mary Jane:

„Du hast deinen Job verloren!"

Barnett:

„... Job verloren ... du weißt sehr gut, warum."

Abberline:

„Wann wurde Ihnen gekündigt?"

Mary Jane:

„Hinausgeworfen haben sie ihn!"

Barnett:

„Im Juli. Es gab ... Unregelmäßigkeiten. Sie haben mir meine Lizenz genommen ... nach zehn Jahren Arbeit, ohne dass ich mir je etwas zu Schulden hatte kommen lassen."

Mary Jane:

„Das änderte leider alles."

Abberline:
„Inwiefern?"

Mary Jane, herablassend:
„Wovon bezahlen sie ihre Rechnungen, Inspector? Joseph war noch in der Lage, Gelegenheitsarbeiten zu finden. Das Geld, das er hierfür bekam, reichte so gerade - aber nicht für zwei.
Über die Fertigkeiten, die ich beherrsche, haben wir bereits gesprochen."

Barnett:
„Ich wollte nicht, dass Sie wieder auf die Straße ging. Nicht jetzt, wo ..."

Abberline:
„... wo der Ripper unterwegs war?"

Barnett schweigt.
Mary Jane:
„Es war schrecklich! Joseph hat mir die Artikel über die Frauen aus der Zeitung vorgelesen. Es geschah alles in unserer unmittelbaren Nähe. Manche der Mädels hatte ich gekannt."

Abberline:
„Dennoch reichte das Geld nicht."

Mary Jane:
„Wie sollte es auch? Joseph wollte es nicht einsehen. Wir gerieten immer häufiger in Streit. Einmal ging da-

bei sogar das Fenster kaputt. Ich hatte furchtbare Angst vor dem Ripper, so wie wohl jede Frau in Whitechapel."

Barnett:
„Jede Frau in Whitechapel ... wie jede Hure ..."

Mary Jane:
„Aber dann fiel mir auf, dass die Morde alle in Hinterhöfen oder in einer abgelegenen Gasse verübt worden waren. Niemals in einem Zimmer oder einem abgeschlossenen Raum. Ich glaubte, einen Weg gefunden zu haben."

Barnett:
„...einen Weg. Sie brachte die Huren sogar zu uns nach Hause!"

Mary Jane:
„Es war eine Freundin ..."

Barnett:
„Ich musste in meiner eigenen Wohnung auf dem Boden schlafen. Oder ich wurde auf die Straße geschickt, wenn sie einen Freier hatten. Manchmal sogar gemeinsam ..."

Mary Jane:
„Doppeltes Geld! Wo soll das Problem sein? Joseph hat nie akzeptieren können, wohin ihn das Schicksal gestellt hatte.

Mary Jane, nach einer kurzen Pause, etwas leiser:
„Heute erkenne ich, dass ihn unsere Beziehung nur in die Verzweiflung getrieben hat.

Ich habe ihm nicht wirklich gut getan."

Abberline:
„Wer hat dich ermordet, Mary Jane?"

Mary Jane betrachtet Joseph mit einem traurigen Blick. Dann mit gefasster Stimme zu Abberline:
„Ich kann es Ihnen nicht sagen, Inspector. Ich würde Sie gerne von Ihrem Dämon erlösen, aber ich kannte den Mann nicht ..."

Mary Jane zu Barnett:
„Leb' wohl, Joseph. Verzeih mir, dass ich dich nicht so lieben konnte, wie du mich."

Szene 8

„Er hätte ihr nie erlaubt, auf der Straße zu arbeiten."

Julia Vanturney bei der polizeilichen Anhörung am 9. November 1888 über das Verhältnis von Joseph Barnett und Mary Jane Kelly.

Barnett, Kelly und Abberline auf der Bühne. Kelly ab. Abberline, während er Kelly nachblickt:
„Wann haben Sie die Verstorbene das letzte Mal gesehen?"

Barnett:
„Gesehen … Es war am Donnerstag Abend, gegen acht Uhr. Wir hatten uns vor einer Woche getrennt, da sie wieder der Prostitution nachging. Ich konnte nicht länger mit ihr zusammen sein, wenn sie auch mit anderen Männern ..."

Abberline:
„Was geschah bei Ihrem Besuch?"

Barnett:
„Wir unterhielten uns. Sie fragte nach Geld, aber ich konnte ihr nichts geben, weil ich selbst nichts mehr hatte. Sie tat mir leid. Wir trennten uns im Guten."

Abberline:
„Hatte sie etwas getrunken?"

Barnett:
„Nein, sie war nüchtern."

Abberline:
„Sie waren im Leichenschauhaus?"

Barnett:
„Leichenschauhaus ... ja."

Abberline:
„Konnten sie die Tote identifizieren?"

Barnett:
„Identifizieren?... Marie Jeanette? ... ja."

Abberline:
„Ich muss leider diese Frage stellen:
Wie war Ihnen das möglich?"

Barnett:
„Wie?"

Abberline:
„Die Tote war sehr stark verstümmelt."

Barnett:
„Verstümmelt ...

Barnett verstummt. Er benötigt etwas Zeit, sich zu sammeln. Barnett:
„Es waren ihre Augen. Ich habe sie an den Augen erkannt! Sie waren das Einzige, was nicht verstümmelt war. Marie Jeanette blickte mich an, als ob sie noch leben würde ..."

Barnett versagt die Stimme. Als er fortfährt, blickt er Abberline herausfordernd an:
„Wer tut so etwas?"

Abberline:
„Es war nicht das erste Opfer von Jack the Ripper."

Barnett:
„Jack the Ripper ... sie glauben er war es?"

Abberline:
„Es spricht vieles dafür: Der Tathergang, die Verstümmelungen, der Opfertypus."

Barnett, verzweifelnd:
„Das ergibt alles keinen Sinn!
Es ... Marie Jeanette war nicht auf der Straße, sie hatte Angst davor ..."

Abberline:
„In diesem Punkt hat der Mörder sein Verhalten geändert ..."

Barnett, kopfschüttelnd, aufschreiend:
„Nein, nein!
Haben Sie sie gesehen? Haben Sie gesehen, was er mit ihr gemacht hat?
Was wollte er damit sagen?"

Abberline:
„Bitte fassen Sie Sich, Mr. Barnett."

Barnett:
„Wer ist in der Lage, so etwas zu tun? Was für ein Teufel ..."

Er, unvermittelt aus dem Dunkel tretend:
„Fragt Ihn nach dem verlorenen Schlüssel!"

Abberline:
„Was?"

Er:
„Tut es!"

Abberline, sichtlich unwillig:
„Sie wissen, dass wir die Tür aufbrechen mussten?"

Barnett:
„Tür aufbrechen ... ja ... nein. Woher sollte ich das wissen?"

Abberline:
„Das Schloss war verriegelt. Den einzigen Schlüssel

haben Sie einige Tage zuvor beim Vermieter als verloren gemeldet."

Barnett:
„...als verloren gemeldet.
Weil er verloren war!"

Abberline:
„Wie sind dann Sie oder Mary Jane überhaupt in die Wohnung gekommen?"

Barnett:
„Eine Fensterscheibe war zersprungen. Man brauchte nur hindurch greifen und kam von innen an das Türschloss. Es war einfach.
Auf diese Weise konnte man die Tür auch wieder verschließen."

Abberline:
„Ich verstehe.
Das bedeutet, dass der Mörder entweder den verlorenen Schlüssel besaß, oder von der zerbrochen Scheibe wissen musste."

Barnett schweigt. Abberline, nachdenklich:
„Haben Sie die Morde von Jack the Ripper in der Presse verfolgt?"

Barnett:
„Die Morde von Jack verfolgt? Natürlich. Jeder im

East End hat das getan? Jeden Tag stand etwas vom Ripper in der Zeitung."

Abberline:
„Was dachten Sie darüber?"

Barnett:
„… darüber denken? Schrecklich, schrecklich. Ich habe Marie Jeanette oft vorgelesen. Sie sollte verstehen, was auf der Straße passieren konnte; … was einer Hure passieren konnte."

Abberline:
„Sie haben kein Mitgefühl mit diesen Frauen?"

Barnett:
„Mitgefühl? Erwarten Sie, dass ich heuchle, Inspector Abberline? Diese Frauen sind mit ihrem liederlichen Handeln schuld an dem, was Marie Jeanette zugestoßen ist. Ich habe versucht, sie davon fern zu halten. Doch es ist mir nicht gelungen. Der Sog der Gosse war zu stark.
Nein, ich habe mit diesen Frauen kein Mitgefühl!
Macht mich das nun … verdächtig?"

Abberline, ihm einen strengen Blick zuwerfend:
„Wo waren Sie in der Nacht vom 8. auf den 9. November?"

Barnett zögert, dann formt sich ein Lächeln in seinem Gesicht.

„Ich habe schon lange auf diese Frage gewartet, Inspector, schon sehr lange.

Nach meinem Gespräch mit Marie Jeanette ging ich heim, in mein neues Zuhause: New Street Bishopsgate. Ich aß etwas zu Abend und spielte mit Freunden Whist. Soll ich ihnen die Namen geben?"

Abberline:
„Ja – bitte."

Barnett schreibt etwas auf einen Zettel, reicht diesen Abberline. Barnett ab, Abberline blickt ihm nach.
Er, an Abberline herantretend:
„Sie haben das Alibi überprüft?"

Abberline:
„Ja, natürlich. Er spielte die halbe Nacht Karten. Dafür gab es mehrere Zeugen."

Er:
„Wie lange dauert bei Euch die halbe Nacht, Abberline?"

Abberline, irritiert:
„Wie? Sie waren bis halb ein Uhr zusammen. Danach gingen sie ins Bett."

Er:
„Halb eins? Denkt an die Aussage von Ann Cox, die Mary Jane kurz vor zwölf Uhr noch mit einem Kun-

den gesehen und gegen ein Uhr noch singen gehört hat."

Abberline:
„Barnetts Mitbewohner gaben an, dass es sehr unwahrscheinlich ist, dass er in jener Nacht noch einmal unbemerkt das Haus verlassen hat."

Er:
„Unwahrscheinlich? Ihr gebt Euch damit zufrieden?"

Abberline:
„Er war es nicht!"

Er:
„Das stützt Ihr auf ... was?
Ich gewinne den Eindruck, dass Ihr an dieser Stelle leichtfertig wart."

Abberline:
„Der Ripper tötete offenbar wahllos Prostituierte, so wie er sie auf der Straße antraf. Dann ermordete er seine Freundin? Welches Motiv soll dahinter stehen?"

Er:
„Mary Jane war zum Zeitpunkt des Mordes seine ehemalige Freundin. Eine Hure wie all die anderen auch. Vielleicht ein paar Jahre jünger, aber mit Sicherheit das gleiche Schicksal vor Augen.
Schließt nicht aufgrund eines vermuteten Motivs, dass Ihr derzeit gar nicht kennen könnt, einen Täter aus."

Abberline, nun misstrauisch
„Wer seid Ihr?"

Er, nicht auf die Frage eingehend:
„Ich will verstehen, warum Ihr Barnett habt gehen lassen."

Abberline:
„Es gibt noch einen weiteren Zeugen aus jener Nacht."

Er:
„Der Unbekannte aus der Dorset Street?"

Abberline:
„Ja. Er meldete sich drei Tage später von selbst bei der Polizei. Wir hätten keine Chance gehabt, ihn zu ermitteln. Sein Name war George Hutchinson."

Er:
„Ich hatte ja keine Ahnung, dass mich die Frau gar nicht wiedererkennen würde."

Abberline, das erste Mal an diesem Abend lächelnd:
„Ich habe es vermutet: Ihr seid Hutchinson."

Hutchinson:
„Ihr habt lange gebraucht."

Abberline im Befehlston:
„Setzt Euch!"

Hutchinson, auf einem Stuhl Platz nehmend:
„Mit dem größten Vergnügen."

Abberline:
„Euren Namen und eure Anschrift."

Hutchinson, lächelnd:
„Ich nehme an, die von damals?
George Hutchinson, Pferdepfleger, aber derzeit leider ohne Anstellung. Ich wohne im Victorias Workingmen House in der Commercial Street. Der Verwalter dort wird meine Aussage bestätigen."

Abberline:
„Das werden wir sehen. Also Mr. Hutchinson. Was habt Ihr mir zu sagen?"

Hutchinson:
„In der Nacht vom 8. auf den 9. November befand ich mich in der Dorset Street."

Abberline:
„Aus welchem Grund?"

Hutchinson:
„Ich bitte Euch."

Abberline:
„Ich höre!"

Hutchinson:

„Was sucht ein alleinstehender Mann abends in den Straßen von Whitechapel? Einen Drink oder ein belangloses Gespräch - ich wäre wohl eher in ein Pub gegangen. Es war gegen zwei Uhr morgens. Ich kam aus Richtung Commercial Street, kurz bevor ich die Dean Street erreichte. Da sah ich die Verstorbene. Wie war noch ihr Name? Mary Jane Kelly?"

Abberline:

„Ihr wart mit ihr bekannt?"

Hutchinson:

„Bekannt? … ein großes Wort für flüchtige Begegnungen mit einer Dirne.

Ja, natürlich - sie war eine wahre Schönheit unter den Rinnsteinpflanzen, die dort wuchsen. Daran erinnere ich mich. Sie fragte mich nach ein paar Pennies. Ich denke, es ging eher um ein Glas Gin denn um die Miete. Sie war bereits betrunken – aber es reichte ihr wohl noch nicht."

Abberline:

„Habt Ihr Mary Jane das Geld gegeben?"

Hutchinson:

„Ich hätte. Aber ich war leider selbst abgebrannt. Ich hatte es in der Vergangenheit nie bereuen müssen, ihr auszuhelfen."

Abberline:
„Was hat Mary Jane gesagt?"

Hutchinson:
„Nicht allzu viel. Sie war nicht böse, akzeptierte es. Sie wünschte mir noch einen guten Morgen und sagte, dass sie das Geld dann anderweitig auftreiben müsste."

Abberline:
„Ihre Wege trennten sich?"

Hutchinson:
„Nun ja – nicht wirklich."

Abberline:
„Was bedeutet?"

Hutchinson, etwas Verlegenheit heuchelnd:
„Ich blieb stehen, blickte ihr nach, wie sie in Richtung Thrawl Street ging. Nach kurzer Zeit kam ihr ein Mann entgegen. Er tippte sie auf die Schulter und sie sprachen miteinander. Dann hörte ich Gelächter."

Abberline:
„Offensichtlich hat Mary Jane einen anderen Unterstützer für die Nacht gefunden."

Hutchinson:
„Denkt Ihr, ich wäre eifersüchtig gewesen? Mary Jane war nett anzuschau'n, ohne Zweifel. Aber jeder Narr

weiß, dass man sich nicht in eine Hure verlieben sollte."

Abberline:
„Was habt Ihr weiter gesehen?"

Hutchinson:
„Ich hörte einen Teil ihrer Unterhaltung. Mary Jane sagte 'in Ordnung' worauf der Mann meinte 'du wirst mir meine Wünsche sicherlich erfüllen'. Anschließend gingen sie in die Dorset Street."

Abberline:
„Nun gut, Hutchinson. Wie sah der Mann aus?"

Hutchinson, mechanisch, wie auswendig gelernt:
„Mitte dreißig, 1,70 m groß, helle Hautfarbe, dunkle Augen, schmaler, an den Enden nach oben gezwirbelter Schnurrbart. Dunkles Haar. Auffällige Kleidung, langer, dunkler Mantel, Kragen und Manschetten mit Astrachan gefüttert. Er trug eine dunkle Jacke, darunter eine helle Weste, dunkle Hose. Ein dunkler Filzhut, der in der Mitte nach unten gezogen war. Gamaschen mit hellen Knöpfen über geknöpften Stiefeln. Er trug eine …"

Abberline bedeutet ihn mit einer Geste zu schweigen:
„Das weiß ich alles zur Genüge. Es ist erstaunlich detailliert für eine kurze Begegnung in einer dunklen Straße. Man könnte auch sagen – zu detailliert!"

Hutchinson:
„Auch das habt Ihr damals angemerkt. Doch vielleicht bin ich einfach ein guter Beobachter?
Und ja – ich würde ihn wieder erkennen."

Abberline:
„Was ist weiter passiert?"

Hutchinson:
„Nun ich wartete."

Abberline:
„Ihr habt gewartet?"

Hutchinson:
„Etwa eine dreiviertel Stunde, direkt vor Miller's Court. Ich hätte gesehen, wenn jemand, wenn er, die Nr. 13 wieder verlassen hätte."

Abberline:
„Ihr seid ein erbärmlicher Spanner ..."

Hutchinson:
„Auch so habt Ihr mich bereits genannt. Ich glaube damals verletzte mich eure Äußerung mehr. Nennt mich so, wenn es Eurer Überlegenheit wohl tut. Aber vergesst nicht, dass ich der einzige bin, der in der Lage ist, Euch eine Beschreibung zu liefern, die über das unbedeutende Gerede von Juden oder stumpfsinnig gesoffenen Huren hinaus geht. Ich bin Eure einzige Spur zu Jack!"

Abberline:
„... oder nur ein Aufschneider.

Wisst Ihr, was ich denke, Hutchinson?

Ihr habt gar nichts gesehen! Vielleicht wart Ihr ein Freier von Mary Jane, vielleicht habt Ihr aber auch nur durch eine verschmutze Scheibe gegafft, während sie ihre Kundschaft bediente. Hat Euch der Mut gefehlt, sie anzusprechen? Kannte sie Euch womöglich gar nicht, da Ihr es vorgezogen habt, lieber im Schatten zu lauern?

Habt Ihr sie wirklich in jener Nacht gesehen wie Ihr es behauptet? ... oder wollt Ihr Euch nur wichtig machen? ... damals wie heute?

Die Beschreibung des vermeintlichen Rippers habt Ihr nur erfunden. Zumindest das erkenne ich nun."

Hutchinson, lächelnd:
„Wir kommen voran."

Abberline:
„Oder Ihr seid es!

Ihr habt Mary Jane getroffen, wie Ihr sagtet. Vielleicht habt Ihr wirklich kein Geld besessen; das was Ihr vorhattet bedurfte keiner Bezahlung. Dann seid ihr zusammen auf das Zimmer gegangen ..."

Hutchinson, langsam den Kopf wiegend:
„Ihr glaubt wirklich, ich könnte Jack sein?"

Abberline nickt.
Hutchinson:
„Ihr sprecht mir zu viel des Ruhmes zu.

Denn wie Ihr wisst, war ich zum Zeitpunkt der anderen Morde – egal ob wir Liz Stride hinzuzählen oder nicht – nicht in London. Ich war in Rumford, habe dort in den Ställen der Star Brewery gearbeitet.

Ihr könnt ja Godley noch einmal losschicken und meine Aussage überprüfen lassen."

Abberline, bedrohlich an Hutchinson herantretend:
„Wen habt Ihr damals in der Dorset Street gesehen, Hutchinson?"

Hutchinson:
„Denkt Ihr wirklich, ich würde Euch hier und jetzt einen Namen nennen und Eurer Seele damit Frieden geben? Es tut mir leid, Abberline. Mögt Ihr von mir halten, was Ihr wollt – aber so einfach ist es nicht."

Abberline:
„Was wollt Ihr dann von mir?

Was zwang Euch damals wie heute aus dem Dunkel heraus zu treten? Ist es das Verlangen des Voyeurs nach dem Licht?

Hutchinson hält inne. Er wirkt verletzt.
Hutchinson, das Thema wechselnd:
„Sagt Euch der Begriff Profiler etwas?"

Abberline:
„Profiler?"

Hutchinson
„Speziell ausgebildete Ermittler. Sie erstellen bei Serienverbrechern aus Vorgehen und Methodik ein Profil des Täters. Sie denken sich in den Mörder hinein und sind hierdurch in der Lage, viel über ihn in Erfahrung zu bringen.

Vielleicht erscheint Euch diese Vorgehensweise gar nicht so fremd, habt Ihr doch selbst versucht, genau dadurch den Ripper zu verstehen.

Ihr wärt erstaunt, welche Präzision im Laufe der Zeit erreicht werden konnte."

Abberline:
„Diese Profile beschreiben den Täter?"

Hutchinson:
„Wohl mehr den Typus, einen generischen Charakter. Natürlich könnt Ihr nicht erwarten, hieraus die Augenfarbe oder den Namen zu erfahren."

Abberline, indigniert aufgrund der letzten Anmerkung:
„Ein solches Profil wurde von Jack the Ripper erstellt?"

Hutchinson:
„Sogar durch einen ausgewiesenen Fachmann auf diesem Gebiet, John Douglas, seinerzeit ein Ermittler des FBI."

Abberline:
„FBI?"

Hutchinson, abwinkend:
„Das Profil wurde im Jahr 1988 erstellt, fast auf den Tag genau einhundert Jahre nach den Morden in Whitechapel."

Abberline:
„Und das Ergebnis?"

Hutchinson:
„Wir können es durchgehen, wenn Ihr wollt."

Abberline:
„Fangt an!"

Hutchinson:
„Der Ripper ist männlich, weiß, etwa 28 bis 36 Jahre alt.
Wie alt war Barnett zum Zeitpunkt der Morde?"

Abberline, zögernd:
„Einunddreißig."

Hutchinson:
„Der Täter kommt aus einer Familie mit einem passivem oder abwesenden Vater. Die Mutter war womöglich eine starke Trinkerin, vielleicht mit wechselnden Männerbekanntschaften."

Abberline:
„Barnetts Vater starb, als er sechs Jahre alt war. Die Mutter, alleine mit fünf Kindern, war der Situation nicht gewachsen und verließ diese nur wenige Monate später. Der älteste Bruder Denis übernahm die Rolle des Familienoberhaupts."

Hutchinson:
„Der Mörder übte höchstwahrscheinlich einen Beruf oder eine Tätigkeit aus, die es ihm erlaubte, seine zerstörerischen Triebe in einem legalen Umfeld nachzugehen.
Ein Schlachter vielleicht, wie Ihr selbst, Abberline, öfter angeführt habt. Auf jeden Fall irgendetwas, was mit einem Messer zu tun hatte."

Abberline:
„Barnett war Fischausträger. Eine einfache aber harte Arbeit auf dem Markt. Die Fische wurden ausgenommen und gesäubert, dann der Kundschaft zugestellt. Das alles musste schnell gehen ..."

Hutchinson:
"... und Barnett lebte und arbeitete in Whitechapel. Er war vertraut mit den Straßen und Gassen, war in der Lage sich rasch und effektiv zu bewegen. Wenn er früh morgens gesehen wurde, war er nur einer der vielen auf dem Weg zur Arbeit."

Hutchinson nach einer kurzen Pause:
„Serienmörder sind im Allgemeinen intelligente Men-

schen. Alleine aus der Tatsache, dass es dem Ripper gelungen ist, unentdeckt zu bleiben, können wir das auch von ihm annehmen."

Abberline:
„Daniel und Dennis, die beiden älteren Brüder waren selbst gerade erst 12 und 14 Jahre alt, als sie beide Eltern verloren. Sie kümmerten sich um ihre Geschwister. Wir können nur vermuten, wie diszipliniert sie handeln mussten, um das Überleben zu sichern.

Sie ermöglichten Joseph den Besuch der Schule. Er konnte schreiben, war intelligent, sicherlich zu mehr fähig, als nur ein Fischausträger in Billingsgate zu sein. Das wird ihm bewusst gewesen sein."

Hutchinson:
„Der Ripper hat in seiner Jugend wenig Aufmerksamkeit erfahren. Aufgrund des Fehlens starker erwachsener Bezugspersonen ist es ihm nicht gelungen, soziale Kompetenz ausreichend zu entwickeln. Hieraus ergibt sich sowohl eine fehlende Integrationsfähigkeit als auch eine verminderte Schuldeinsicht. Der Ripper ist lieber alleine als in Gesellschaft, projiziert jede Art von Emotionen auf sich selbst. Es ist anzunehmen, dass sich diese psychische Störung auch in einem sichtbaren physischen Krankheitsbild manifestiert hat, zum Beispiel Stottern oder ... "

Abberline, erbleichend:
"... Echolalie."

Hutchinson:
„Ja, das krankhafte Wiederholen von Sätzen oder Wörtern des Gesprächspartners.

In den Köpfen von Ermittlern wie Beamten hatte sich vermutlich bereits eine Vorstellung des Rippers festgesetzt. Aufgrund der Annahme er würde erschreckend oder zumindest sonderbar aussehen, hätte man den wahren Ripper leicht übersehen oder als möglichen Verdächtigen frühzeitig ausgeschlossen.

Ihr habt Barnett verhört, Abberline, vier Stunden. Er saß Euch gegenüber. Was habt Ihr gesehen? Das blutrünstige Monster oder einen ganz normalen Einwohner Whitechapels; vielleicht etwas verwirrt, weil er kurz zuvor dem verstümmelten Leichnam seiner Freundin gegenüber stand?"

Abberline:
„Er war einer der zahllosen, gemeinen Bewohner des East End. Im Elend gefangen. Bereits seine Herkunft hatte ihn hierzu verurteilt. Er war intelligent, verschlossen, zu tiefst schockiert – das alles war verständlich ... und machte ihn nicht zu einem Mörder."

Hutchinson:
„Genau das wolltet Ihr sehen! Dann habt Ihr ihn gehen lassen.

Aufgrund eines schwachen Alibis!"

Abberline:
„Er hat Mary Jane Kelly nicht getötet!"

Hutchinson:
„Ich wäre gerne bereit, Euch zu glauben. Aber helft mir, Abberline. Warum seid Ihr davon derart überzeugt?"

Abberline:
„Sagt Euer Profiler auch etwas über den Beginn des Tötens?"

Hutchinson
„Sehr häufig steht am Anfang einer Mordserie eine Krise des Täters; etwas, was lange aufgestauten Hass oder verdrängte Demütigungen an die Oberfläche brechen lässt. Barnett hatte seine Arbeit verloren, konnte sein Mädchen nicht mehr davor bewahren, erneut ihren Körper verkaufen zu müssen. Er verlor nicht nur seine Liebe sondern wieder einmal hat er erfahren müssen, welches elende Leben ihm gegeben war. Es schien, dass er nichts tun konnte, um diesem zu entrinnen."

Abberline:
„Mary Ann Nichols wurde Ende August getötet."

Hutchinson
„Ihr meint, es dauerte zu lange von dem Verlust seiner Arbeit im Juli bis zum Mord an Mary Ann Nichols? Vielleicht."

Abberline:
„Wenn man bedenkt wie rasch die Morde danach auf-

einander folgten."

Hutchinson, lächelnd:
„Ihr seid immer noch richtig gut, Abberline. Ja – ich gebe Euch recht: Nichols, Chapman, Eddowes – Jack erweckt nicht den Eindruck, jemand mit großer Geduld gewesen zu sein. Er hatte wohl wenig Gelegenheit gehabt, Vertrauen in das Leben zu fassen. Vertrauen, dass sich Dinge manchmal von selbst günstig entwickeln konnten.

Da erscheint ein Monat in der Tat viel, wenn die Frau, die man liebt, jede Nacht zur Metze fremder Männer wird.

Wann war der Mord an Martha Tabram?"

Abberline, erbleichend, entsetzt:
„Anfang August ..."

Hutchinson, hinter Abberline tretend, der fassungslos und mit leerem Blick zum Publikum starrt:
„Ihr hattet alle Fakten, Abberline. Ihr habt die Serie gesehen, Ihr habt verstanden, dass Ihr nicht nach einem entstellten Monster sondern nach einem gemeinen Einwohner Whitechapels suchen müsst. Und er saß Euch gegenüber – vier Stunden lang."

Abberline geschlagen, zusammengesunken. Hutchinson entfernt sich von ihm.
Hutchinson:
„Warum habt Ihr Eurem Gefühl so wenig vertraut?"

Abberline, um Fassung ringend. Langsam richtet er sich wieder auf, sucht nach Halt:
„Weil ich Polizist war! Es ging nicht um Gefühle. Es ging um Beweise – wie sehr man auch glaubte, fühlen wollte, den Täter endlich gefasst zu haben – dies alles durfte keine Rolle spielen.

Wenn das mein Versagen gewesen sein soll, damit kann ich leben. Selbst jetzt noch."

Abberline, seine Souveränität wiedergewonnen und sich Hutchinson zuwendend:
„Nein, mein suggestiver Freund. Ich ließ Joseph Barnett gehen, weil er ein Alibi für den Mord hatte. Wer immer der Mörder von Mary Jane Kelly gewesen ist – es war nicht Joseph Barnett.

Ich habe Respekt vor der Leistung des Profilers; aber wie Ihr schon sagtet: sie können bestenfalls einen möglichen Typus beschreiben, nicht einen Namen liefern.

Es sei denn ..."

Abberline, Hutchinson fixierend:
„ ... Ihr würdet hier und jetzt erklären, dass es Barnett war, den Ihr gesehen habt, als Ihr in der Dorset Street lauertet; und dessen Identität Ihr damals aus irgendeinem Grund geschützt habt."

Hutchinson, ausweichend:
„Genau das ist mir leider nicht möglich, Abberline"

Szene 9

„Es lag in keinem Fall ein Verschulden von Inspector Abberline vor, dass es nicht glückte, Jack the Ripper zu fassen."
Sir Melville Macnaghten zur Verabschiedung von Frederick Abberline im Jahr 1892

Hutchinson, alleine auf der Bühne:
„Serienmörder durchlaufen eine Entwicklung, eine Metamorphose. Diese hat ihren Ursprung häufig in der Kindheit oder in der Jugend. Erst Jahre später führt dieser Weg zum ersten Mord, dann zu weiteren.

Doch auch während des Tötens erfolgt eine Weiterentwicklung, getragen von der Sicherheit, die der Täter gewinnt. Risiken und handwerkliche Ungeschicklichkeiten werden zunehmend eliminiert. Gleichzeitig wird es für den Mörder schwieriger, den Grad der Befriedigung aufrecht zu erhalten. Er erfährt ein gewisses Maß an Routine, muss dieser Gewöhnung nun entgegenwirken.

Das ist auch einer der Gründe, warum Serienmörder in den meisten Fällen nicht in der Lage sind, ihrem Tun von sich aus ein Ende zu setzen. Stattdessen werden sie irgendwann gefasst oder sind aus einem anderen Grund nicht mehr in der Lage, ihr Werk fortzusetzen."

Abberline, aus dem Off:
„Es gibt keine Serienmörder, die einfach aufhörten?"

Hutchinson:
„Doch, aber es ist sehr selten und bedarf eines Impulses von außen. Ein einschneidendes Ereignis im persönlichen Umfeld, der Tod eines Kindes oder des Partners, die unmittelbare Gefahr der Ergreifung durch die Polizei. Auf jeden Fall muss ein Schock vorliegen: Etwas grundsätzliches, was das gewohnte Umfeld zerstört oder zumindest massiv bedroht.

Anders kann der Serienmörder der Spirale von einsetzender Routine und Sucht nach Befriedigung nicht entkommen. Auch das habt Ihr bereits damals vermutet, Abberline. Ihr wart Eurer Zeit wahrlich voraus."

Abberline betritt die Bühne und geht auf Hutchinson zu:
„Das Ausmaß der Verstümmelungen nahm über die fünf Morde auffallend zu."

Hutchinson:
„Ja. Jack begann seine Macht über die Frauen zu entdecken. Ich möchte aber auf etwas anderes hinweisen:

Der Mord an Polly erfolgte nachts auf offener Straße, der an Annie Chapman in einem Hinterhof mit nur einem Ausgang. Aufgrund des zeitlichen Ablaufs wissen wir, dass wenig gefehlt hätte, und Jack wäre durch einen Anwohner entdeckt worden.

Liz Stride wurde ebenfalls in einem Hinterhof mit nur einer Zufahrt ermordet. Diesmal wurde Jack gestört, konnte sein Werk nicht vollenden und es gelang ihm nur knapp, in der Dunkelheit zu entkommen.

Dann der Mord an Catherine Eddowes am gleichen Abend. Noch unter dem Schock der beinahe Ergreifung stehend, doch vom noch stärkeren Trieb des Tötens ergriffen. Mitre Square war auch ein ruhiger Hinterhof, hatte aber mehrere Zugänge. Die Gefahr einer Entdeckung war hierdurch höher, doch eröffnete es gleichzeitig Fluchtwege. Jack zeigte uns mit der Wahl der Tatorte, dass er in der Lage war, schnell zu lernen.

Der Mord an Mary Jane Kelly fand als erstes nicht im Freien statt. Er ermordete sie in ihrem Zimmer."

Abberline:
„Der beste Schutz vor einer Entdeckung?"

Hutchinson:
„Und gleichzeitig die größte Gefahr, dass der Tatort zur unentrinnbaren Falle wird!"

Abberline:
„Er nahm dies in Kauf, um sich den Verstümmelungen in einem Ausmaß hingeben zu können, wie es ihm vorher nicht möglich war."

Hutchinson:
„Vielleicht...

Mary Jane Kelly war hübsch, Mitte Zwanzig. Ein ganz anderes Opferprofil als die vier vor ihr, die alle in den Vierziger waren. Jack war es auch immer um die Präsentation, die Zurschaustellung der Körper gegangen. Er wollte den Menschen zeigen, was er mit ihnen getan hatte, ... zu was er fähig war. Ich bin mir sicher, er genoss die Menschentrauben, die sich am frühen Morgen ansammelten, um mit Grauen seine Werke zu begaffen. Doch im Fall von Mary Jane Kelly musste er davon ausgehen, dass die Öffentlichkeit wenig davon zu Gesicht bekam. Der Tatort war leicht abzuriegeln.

Dabei war gerade diesmal seine Arbeit so ... umfangreich."

Abberline:
„Worauf wollt Ihr hinaus?"

Hutchinson:
„Ich will sagen, dass weder Tatort noch Opferwahl lückenlos in das Schema der vorangegangenen Morde passen. Die Exzessivität der Verstümmelungen wurde oft als Fortführung, als Steigerung verstanden. Sie kann aber auch als ein neues Faktum gesehen werden. Als ein Indiz, dass Jack in diesem Fall gar nicht der Täter war.

Wurde nicht auch zu Eurer Zeit diskutiert, ob Mary Jane wirklich zu den Opfern des Rippers gezählt werden kann?"

Abberline, abwehrend:
„Es wurde von manchen Kollegen in Erwägung gezogen, aber rasch verworfen. Mord und Verstümmelungen erfolgten auf der gleichen ...

Hutchinson:
"... wohl eher ähnlichen ..."

Abberline
"... Weise wie zuvor. Der Schnitt durch die Kehle mit einem Messer, das Aufschlitzen des Körpers, die Entnahme von Organen."

Hutchinson:
„All diese Dinge standen ausführlich in den Zeitungen. Das Wissen hierüber besaßen mittlerweile alle Bewohner des East End und vermutlich ein Großteil der Einwohner Londons."

Abberline, etwas verächtlich:
„Damit soll jeder zum Verdächtigen werden, dem die Vorgehensweise des Rippers bekannt war?"

Hutchinson:
„Nein. Aber nur diese Abfolge alleine beweist noch nicht die Urheberschaft von Jack. Euer trotziges Beharren, dass Mary Jane ein Opfer des Rippers ist, unterstreicht mehr eine verzweifelte Hoffnung denn ein Wissen: Eure Hoffnung, dass nur ein einziger derartiger Killer durch Londons Straßen streifte ..."

Abberline, nun aufgebracht:
„Ihr kamt zu mir mit dem Versprechen, Klarheit in den Fall zu bringen. Nun aber macht Ihr nichts anderes als Zweifel zu streuen und Mutmaßungen aufzustellen Ich kann keinerlei Sinn mehr darin erkennen,

Euch hierbei noch zu folgen."

Hutchinson:
„Warum kämpft Ihr so dafür, dass Mary Jane Kelly zu den Opfern des Rippers zu zählen ist? Ihr lehnt ja sogar ab, alleine die Möglichkeit in Betracht zu ziehen. Bei Elizabeth Stride wart Ihr weitaus flexibler, in neue Richtungen zu denken."

Abberline will etwas sagen, schweigt dann aber.
Hutchinson:
„Ich sage es Euch: Weil in dem Augenblick, in dem Ihr daran zweifelt, dass es Jack war, der Mary Jane Kellys Körper zerfetzt hat, das verbliebene Alibi von Joseph Barnett zusammenbräche."

Abberline, entsetzt, langsam erkennend.
Hutchinson fährt fort:
„Wenn Ihr vom Mitre Square über die Goulston Street, wo man Catherine Eddowes Schürze gefunden hat, eine Linie zeichnet, dann kommt Ihr zum ..."

Abberline:
"... Miller's Court."

Hutchinson:
„Miller's Court, wo zum Zeitpunkt des Mordes an Eddowes Barnett mit Mary Jane lebte. Jack war auf dem Weg nach Hause. Joseph Barnett ist Jack the Ripper!"

Eine lange Pause tritt ein, Abberline ringt um Worte:
„Und der Mord an Mary Jane Kelly?"

Hutchinson, erneut lachend:
„Das war Euer zweiter Fehler. Er ist Euch allerdings meiner Meinung nach nicht allzu schwer anzulasten. Immerhin wart Ihr nicht nur mit dem ersten Serienmord der Moderne konfrontiert. Der Mord an Mary Jane Kelly war zudem auch noch der erste Copycat der Geschichte. Einer, nennt ihn Trittbrettfahrer, der die Taten Jack's kopiert hat ... perfektioniert hat."

Abberline, laut aufschreiend:
„Nein!"

Hutchinson, triumphierend:
„Beide Mörder saßen Euch gegenüber! Ihr habt bei beiden die Taten gespürt, wusstet auf eine unbestimmte Art, dass etwas nicht stimmen konnte. Doch eure Fixierung auf die Serie, so brillant und seiner Zeit voraus – eben diese verstellte Euch den Blick auf die finale Lösung."

Abberline, sich langsam wieder fassend.
„Hutchinson war der Mörder von Kelly! Ihr wart es!"

Hutchinson:
„So ist es.
Meine Alibis für die anderen Morde verführten Euch dazu, mich auch als Täter von Mary Jane Kelly auszuschließen. Ihr glaubtet – hofftet – dass Ihr nur einen

Mörder jagtet.

In mir wolltet Ihr lieber den harmlosen Voyeur, vielleicht den Wichtigtuer sehen; gerade gut genug ein paar Informationen zu liefern. Als Jack schied ich ja wegen meines Aufenthalts in Rumford aus.

Es ist so eine Sache, mit den Alibis."

Abberline sackt in sich zusammen. Nach einer weiteren Pause, mit gebrochener Stimme:

„Da Ihr mir nun mein Versagen nur zu deutlich vor Augen geführt habt; seid so gütig auch die zweite Frage zu beantworten: Warum hörte die Serie auf?"

Hutchinson:

„Aber ist das nicht offensichtlich?

Joseph begann das Morden, um seine Mary von der Straße und der Prostitution fern zu halten. Durchaus rational und es funktionierte – wenn man an den Schrecken denkt, der Whitechapel ergriffen hatte. Dafür war das Verstümmeln, die Zurschaustellung der Leichen notwendig. Die Aufmerksamkeit der Öffentlichkeit war kein Nebeneffekt – gerade darum ging es Jack: Damit die Zeitungen darüber schrieben, damit er es seiner Mary vorlesen konnte!

Fairy Fay und Emma Smith – natürlich keine Opfer des Rippers. Aber für Barnett das Muster, das er anzuwenden gedachte."

Abberline, zynisch:

„Mit Marys Tod war dieses Motiv hinfällig und das Töten fand ein Ende?"

Hutchinson:

„Ich höre Euren Spott, Abberline. Natürlich ist es nicht so einfach.

Um Euch diese Frage zu beantworten – werdet noch einmal Jack, versetzt Euch ein letztes Mal in ihn.

Ihr habt Verbrechen begangen, die Euch unweigerlich an den Galgen bringen werden. Warum? Ihr habt das getan, um zu verhindern, dass das einzige Wesen, das Euch in all dem Schmutz und Elend so etwas wie Wärme gegeben hat, sich verkaufen zu musste. Nur dafür habt Ihr die Bestie geweckt.

Und es hat geklappt – anfangs. Aber während Ihr diese Morde begeht, lernt Ihr dieses andere Gefühl kennen; es verändert Euch. Die dunklen Motive werden stärker, die scheinbar rationalen beginnen zu verblassen. Ihr schlachtet die Schlampen nach Gutdünken ab, könnt mit ihnen machen was Ihr wollt. Die Befriedigung, die Ihr dabei erfährt, geht weit über das kleine Glück hinaus, das Ihr in den Armen von Mary Jane gefunden habt.

Ihr seid nun nicht mehr der erbärmliche Fischausträger ohne jede Chance, dem East End zu entrinnen. Ihr seid Jack the Ripper. Bereits Euer Name verbreitet Entsetzen. Ihr werdet gefürchtet, habt Macht; nicht nur über die Huren in Whitechapel. Eure Hand hat Herz und Verstand von London ergriffen. Ihr seid nicht zu fassen, dreht dem mächtigen Scotland Yard eine Nase nach der anderen. Die Zeitungen überschlagen sich in den Darstellungen Eurer Taten. Ihr werdet mittlerweile häufiger erwähnt als der Premierminister oder die Queen – und mit weitaus mehr … Ehrfurcht.

Ich glaube nicht, dass Ihr jemals zuvor so glücklich gewesen seid. In Euren Taten findet Ihr eine Aufmerksamkeit und Anerkennung, die Ihr in Eurem bisherigem Leben noch nicht erfahren habt."

Abberline, immer zweifelnd:
„Auf diese … Erfüllung sollte ich … Barnett … nun verzichten, weil Mary Jane zum Opfer geworden ist?"

Hutchinson:
„Wartet noch einen Moment. Wir sind noch nicht ganz am Ende.

Dann werdet Ihr eines Morgens gerufen, eine furchtbar verstümmelte Leiche zu identifizieren. Eine Identifikation, obwohl die Tote gar kein Gesicht mehr besaß. Was hat dieser Anblick bei Euch bewirkt?

In einem einzigen Augenblick habt Ihr alles verloren:

Euer Mädchen, weswegen Ihr zum Mörder geworden seid, Eure Unantastbarkeit, denn Ihr spürt die entfesselte Saat der Gewalt nun an Euch selbst; und im Gegensatz zur Polizei wisst Ihr auch, dass nicht nur eine Bestie durch die Gassen streift.

Doch noch mehr musste der Verlust des dunklen Ruhms geschmerzt haben. Denn dieser Mord wird mit den Euren in eine Linie gestellt, ja sogar zu deren Höhepunkt erhoben!

Ein anderer hatte Euren Platz eingenommen, Euch zurück in die Gosse gestoßen. Zu den Huren und Versagern, über die Ihr gestern noch geherrscht habt."

Hutchinson, noch einmal an Abberline herantretend:
„Ich weiß nicht, wie Ihr es empfindet, Abberline. Aber einen tiefer gehenden Schock als das, was Joseph Barnett am Morgen des 9. November 1888 erfahren musste, kann ich mir nicht vorstellen.

In der langen Reihe der Serienkiller, die Jack folgen sollten, hatte keiner einen besseren Grund, sein Handeln von sich aus zu beenden."

Epilog

"Wir haben alle die Macht in unseren Händen, zu töten, aber die meisten Menschen haben Angst, diese Macht zu nutzen. Diejenigen, die keine Angst davor haben, haben die Kontrolle über das Leben selbst."

Richard Ramírez, amerikanischer Serienkiller. Er wurde am 7. November 1989 zum Tode in der Gaskammer verurteilt.

Hutchinson geht auf seinen Platz im Publikum zurück, den verstörten Abberline zurücklassend.
Abberline:
„Seid so gütig und erklärt mir eines noch – wie habt Ihr das mit dem Schloss gemacht?"

Hutchinson:
„Das Schloss?"

Abberline:
„Zu Mary Jane's Zimmer."

Hutchinson:
„Ach so. Ich sagte Euch doch – ich bin ein guter Beobachter."

Abberline, mit nun deutlich schneidender Stimme:
„Warum habt Ihr aufgehört zu morden?"

Hutchinson, am Platz angekommen aber noch stehend:
„Habe ich das?

In Euren Augen bin ich doch nur ein Spanner, … oder ein Aufschneider? Jemand, der sich in dunklen Ecken versteckt, und dem es genügt, stumm Anteil am Leben und Leiden anderer zu haben. Jemand, der sich nur selten selbst auf die Bühne wagt.

Vielleicht hat mir das eine Mal genügt? Vielleicht war ich aber auch nur nicht dem modus operandi so verpflichtet wie Barnett?

Morde sind auch nach Jack begangen worden, überall.

Seht Euch um, Frederick Abberline. Ein ganzer Raum voller stiller Beobachter! Ich werde mich jetzt setzen, meinen Platz in dieser anonymen Menge einnehmen. Wer weiß, womöglich ist schon ein neuer Jack heute Abend unter uns?"

Hutchinson, nun an das Publikum:
„Vielleicht kann der eine oder andere das für sich selbst ausschließen. Ich gestehe Ihnen das durchaus zu.

Können Sie das aber auch für Ihren Nachbarn und die anderen fremden Menschen?

Ich wünsche Ihnen allen einen sicheren Weg nach Hause!"

Dramatis Personae

Beamte der Londoner Polizei und des Scotland Yard

Frederick George Abberline
zur Zeit der Rippermorde Inspektor beim Scotland Yard. Aufgrund der Zunahme der öffentlichen Beunruhigung wurde ihm mit Fortschreiten der Mordserie die Leitung der Ermittlungen übertragen. Abberline stammte selbst aus dem East End. Von seinen detaillierten Kenntnissen des Viertels und seiner Bewohner erhoffte man sich die entscheidenden Impulse zur Ergreifung des Täters.

George Albert Godley
war ein Polizeibeamter der Londoner Metropolitan Police, in deren Verantwortungsbereich die Aufklärung der Rippermorde fiel. Godley arbeitete in dieser Zeit intensiv mit Frederick Abberline zusammen.

Sir Charles Warren
war ein ehemaliger britischer General. Nach seiner Militärzeit wurde er im Jahr 1887 oberster Polizeichef von London (Commissioner). Sein militärischer Führungsstil, das harsche Vorgehen gegen Demonstrationen der Arbeiterschicht und die ausbleibenden Fahndungserfolge im Fall von Jack the Ripper führten im November 1888 zu seinem Rücktritt.

Sir Melville Leslie Macnaghten
war ein hochrangiger Polizeibeamer des Scotland Yard. Er war nicht direkt mit den Ermittlungen im Fall von Jack the Ripper befasst, entwickelte jedoch ein starkes, eigen motiviertes Interesse daran und hatte

aufgrund seiner Position Zugang zu allen Ermittlungsakten. Als Ergebnis seiner Untersuchungen verfasste er 1894 ein Memorandum, in dem er unter anderem die Mordserie auf die „kanonischen Fünf" eingrenzte, sowie die – seiner Meinung nach – Hauptverdächtigen benannte.

Joseph Chandler
war Inspektor der Metropolitan Police und einer der ersten, der den Tatort des Mordes an Annie Chapman untersuchte.

Die Opfer des Rippers

Dem Ripper werden vorrangig die „kanonischen" - die bestätigen - Fünf zugeordnet. Ein verlässlicher Nachweis, dass die Mordserie exakt diese fünf Frauen umfasste, konnte allerdings nie erbracht werden.

Mary Ann „Polly" Nichols
Elendsprostituierte, zum Zeitpunkt ihres Todes 43 Jahre alt. Ermordet am 31. August 1888 in der Bucks Row. Sie ist das erste der Opfer, die die kanonischen Fünf bilden.

Annie „Dark Annie" Chapman
Elendsprostituierte, zum Zeitpunkt ihres Todes 47 Jahre alt. Ermordet am 8. September 1888 in der Hanbury Street.

Elizabeth „Long Liz" Stride
Elendsprostituierte, zum Zeitpunkt ihres Todes 44 Jahre alt. Ermordet am 30. September 1888 im Dutfield's Yard.

Catherine „Kate" Eddowes
Elendsprostituierte, zum Zeitpunkt ihres Todes 46 Jahre alt. Ermordet am 30. September 1888 im Mitre Square.

Mary Jane Kelly (Marie Jeanette)
Prostituierte, zum Zeitpunkt ihres Todes 25 Jahre alt. Ermordet in der Nacht vom 8. auf den 9. November 1888 im Miller's Court.

Martha Tabram,
Elendsprostituierte, zum Zeitpunkt ihres Todes 49 Jahre alt. Ermordet am 7. August 1888 im George Yard Building. Martha Tabram wird nicht zu den kanonischen Fünf gezählt, jedoch sprechen einige Indizien dafür, dass die Mordserie von Jack the Ripper mit ihr ihren Anfang genommen hat.

Darüber hinaus existieren viele Vermutungen, dass noch weitere Frauen vor und nach den kanonischen Fünf Jack zum Opfer gefallen sein sollen. Jedoch konnte in diesen Fällen nicht die hohe Übereinstimmung von Opferprofil, Tathergang und Verletzungsmuster beobachtet werden.

Die Verdächtigten (Auszug)

George Chapman
aka Seweryn Antonovich Kłosowski
ein verurteilter Frauenmörder, der im Jahre 1903 hingerichtet worden ist. Frederick Abberline war nach eigenem Bekunden überzeugt, dass Chapman Jack the Ripper gewesen ist.

Montague John Druitt
einer der im Macnaghten Memorandum genannten Verdächtigen. Druitt war Rechtsanwalt und hatte als Lehrer gearbeitet. Sein Selbstmord, vermutlich in Verbindung mit einer Pädophilie – Beschuldigung, fällt zusammen mit dem Ende der Mordserie.

Michael Ostrog
wurde ebenfalls im Macnaghten Memorandum genannt. Ein russischer Trickbetrüger, dem über kleinere Gaunereien hinaus keine schwerwiegenderen Straftaten zur Last gelegt oder gar nachgewiesen worden sind.

John Pizer
aka Leather Apron (Lederschürze)
ein polnischer Jude, der als Stiefelmacher in Whitechapel gearbeitet hat. Aufgrund von Übergriffen gegenüber Prostituierten in Verdacht geraten a wurde er von der Polizei verhaftet. Nach Überprüfung seiner Alibis, die in definitiv für zwei der Morde entlasteten, wurde er wieder auf freien Fuß gesetzt.

William Bury
ein Frauenmörder, der 1889 hingerichtet worden ist. Gewisse Ähnlichkeiten der Rippermorde mit dem Mord an seiner Frau sowie Inschriften in seinem

Haus wie „der Ripper wohnt in diesem Keller" lenkten den Verdacht auf ihn.

Joseph Carey Merrick
Er litt vermutlich unter dem Proteus-Syndrom, dass ursächlich für seine extremen Deformationen des Schädels und des Körpers war. Merrick trat unter anderem als „Elefantenmensch" in einer Monstrositäten Show auf, um seinen Lebensunterhalt zu bestreiten. Die Verdächtigung seiner Person als Jack the Ripper kann nur mit der Abgrenzung von Außenseitern und persönlicher Angst vor allem verstanden werden, was als „unnormal" identifiziert wird. Eine rationale Grundlage für einen Tatverdacht vesteht nicht.

Sir William Gull
Leibarzt der Königin Viktoria. Die Verdächtigungen gegen ihn gründen sich vor allem auf angebliche Kontakte des Enkel der Königin zu Prostituierten in Whitechapel und des Vertuschens einer Staatsaffäre.

Joseph Barnett
war der Lebensgefährte des letzten Opfers, Mary Jane Kelly. Er verabscheute Prostituierte und wollte um jeden Preis verhindern, dass seine Mary gezwungen Jahr, auf diese Weise ihr Geld zu verdienen. Abberline verhörte ihn für mehr als vier Stunden, entließ ihn aber schließlich aus dem Polizeigewahrsam.

George Hutchinson
ein mysteriöser Zeuge des Mordes an Mary Jane Kelly. Er lieferte eine detaillierte Beschreibung des Mannes, mit dem sie ihr Zimmer aufgesucht hat, kurz bevor sie darin ermordet wurde. Es ist ansonsten wenig über Hutchinson bekannt. Abberline war überzeugt, dass er nicht Jack the Ripper sein konnte.

Ferner ...

Andrew Mearns
ein Reverend der Orange Street Congregational Church, der als einer der ersten auf die unerträglichen Lebensumstände der Menschen im Londoner East End hingewiesen hat.

John Davis
Anwohner in der Hanbury Street, der den Leichnam von Annie Chapman entdeckte.

George Lusk
Begründer und Anführer einer Bürgerwehr, die die Ergreifung des Rippers in die eigenen Hände nehmen wollte. Er war auch der Empfänger des Päckchens, welches einen Teile der Niere von Catherine Eddowes enthielt.

Louis Diemshutz
Straßenhändler und Hausmeister. Er fand die Leiche von Elizabeth Stride im Dutfield's Yard.

Israel Schwartz
ein Augenzeuge, der Elizabeth Stride zum letzten Mal lebend gesehen hatte. Doch die Zeugenaussage von Schwartz war nicht geeignet, eine Spur zum Ripper zu eröffnen.

Sarah Lewis
Nachbarin von Mary Jane Kelly

Thomas Bowyer
als er die ausstehende Miete von Mary Jane Kelly einfordern wollte, entdeckte er ihren Leichnam.

Literatur & Weblinks

/1/ Paley, Bruce:
Jack the Ripper – The Simple Truth,
Headline Book Publishing, London, 1996

Bruce war es, der den Blick auf Joseph Barnett richtete; sehr ausführlich recherchiert und schlüssig deduziert. Falls wir beide falsch liegen, Bruce, schulden wir Joseph eine Entschuldigung ...

/2/ Begg, Paul:
Jack the Ripper – The Facts
Robson Books, London 2004

Ist für mich aus der schier endlosen Menge der Ripper Kompendien die herausragendste Darstellung. Voluminös, spannend geschrieben, umfangreich und penibel um den objektiven Standpunkt bemüht.

/3/ Sugden, Philip:
The Complete History of Jack the Ripper
Constable & Robinson, London, 2002

Bildet zusammen mit Begg's Buch – in meinen Augen – das Fundament einer jeden seriösen Beschäftigung mit Jack the Ripper. Fangt mit diesen beiden an! Wenn Ihr danach noch 'mehr' braucht, ist der Markt beliebig groß – vielleicht solltet Ihr Euch in diesem Fall aber auch um professionellen, psychologischen Beistand bemühen ...

/4/ **Püstow, H, Schachner T.:**
Jack the Ripper – Anatomie einer Legende
Militzke Verlag, Leipzig, 2006

Sehr gute, zusammenfassende und recht vollständige Darstellung von Jack – bei aller Straffung des Materials um es erträglich auf 250 Seiten darstellen zu können. Man stützt sich stark auf Begg, Sugden oder Paley – um nur einige zu nennen.

/5/ **Evans, S., Skinner K.:**
The Ultimate Jack the Ripper Sourcebook
An illustrated Encyclopedia
Constable & Robinson, London, 2001

Keine Erklärung, keine Deutung, keine Verfälschung, die 130 Jahre Ripperologie eingebracht haben mögen – ausschließlich Protokolle und Zeitungsberichte aus der damaligen Zeit. Lediglich die ursprünglichen Fehler von damals sind enthalten.

/6/ www.casebook.org

Schlichtweg die Referenz für die Präsenz des Rippers im Web.

/7/ www.jacktheripper.de

Dito, kleiner, überschaubarer, auf Deutsch.

/8/ www.attackingthedevil.co.uk/related/outcast.php

**The Bitter Cry of Outcast London:
An Inquiry into the Condition of the Abject Poor,
Rev. Andrew Mearns (1883)**

Das wahre Grauen liegt hier. Wer über die Sensationslüsternheit der Morde von Jack hinausblicken möchte, dem sei hier ein möglicher Anfang gegeben.

Ambient Playlist

Prolog
Death Dance, Adrian Ziegler

Szene 1
The Way, Zach Hemsey

Szene 2
Your Dying Heart, Adrian Ziegler

Szene 3
R'lyeh, Sephiroth

Szene 4
Traces of Nothingness, Svartsinn

Szene 5
Dark Scary Ambient, Noctilucant

Szene 6
Man on fire, Lisa Gerrard

Szene 7
Towards Desolation, Raison D'etre

Szene 8
Victorian Meltdown, Atrium Carceri

Szene 9
The Shadows are bent by my presence, Nordvargr

Epilog
In an hour darkly, Sopor Aeternus

Errata

'Seeking Jack' ist eine Fiktion. Ich werde nicht behaupten, dass der Fall gelöst oder die finale Wahrheit gefunden sei. Ich weiß schlichtweg nicht, wer Jack the Ripper gewesen ist.

Bei meinem versuchten Blick in die Vergangenheit habe ich mich der Recherchen aus 130 Jahren Ripperforschung bedient. Ripperologie – alleine die Existenz dieses Begriffs beweist die Faszination, die vom Bösen ausgeht. Auch ich bin ihr erlegen. Ich habe mich aber bemüht, den Fakten den erforderlichen Respekt zu erweisen. Das ist mir nicht durchgängig gelungen.

Nachfolgend die Fehler, die ich wissentlich begannen habe:

Szene 2: Druitt

Es besteht die Mutmaßung, dass Druitt homosexuell oder pädophil gewesen sei. Ich konnte aber keine Hinweise auf eine konkrete Beschuldigung durch einen Schüler o.ä. finden.

Szene 7: Godley

Abberline war in Wirklichkeit vor Godley am Tatort im Miller's Court.

Szene 8: Star Brewery

Es gibt eine Verbindung von George Hutchinson zu Rumford, aber nicht zur Star Brewery. Es gibt keinen Hinweis, dass sein Aufenthalt in Rumford als Alibi verwendet wurde.

Szene 9: Macnaghten

Das verwendete Zitat stammt von Superintendant Arnold, nicht von Melville Macnaghten.

Mark Roth